生的希望

海上搜救回访录

中国海上搜救中心 编

人民交通出版社股份有限公司
China Communications Press Co.,Ltd.

图书在版编目(CIP)数据

生的希望——海上搜救回访录 / 中国海上搜救中心编. — 北京 : 人民交通出版社股份有限公司，2016.12
ISBN 978-7-114-13544-6

Ⅰ. ①生… Ⅱ. ①中… ②中… Ⅲ. ①报告文学－作品集－中国－当代 Ⅳ. ①I25

中国版本图书馆CIP数据核字（2016）第305876号

Sheng de Xiwang——Haishang Soujiu Huifanglu

书　　名：生的希望——海上搜救回访录
著 作 者：中国海上搜救中心
责任编辑：韩亚楠　朱明周
出版发行：人民交通出版社股份有限公司
地　　址：（100011）北京市朝阳区安定门外外馆斜街 3 号
网　　址：http://www.ccpress.com.cn
销售电话：（010）59757973
总 销 售：人民交通出版社股份有限公司发行部
经　　销：各地新华书店
印　　刷：北京市密东印刷有限公司
开　　本：787×980　1/16
印　　张：10.75
字　　数：100千
版　　次：2017 年 1 月　第 1 版
印　　次：2017 年 1 月　第 1 次印刷
书　　号：ISBN 978-7-114-13544-6
定　　价：48.00元

序

PREFACE

惠海泽航，服务大局发展；人本至善，坚守初心不移。2016年，在党中央、国务院、中央军委的正确领导下，中国海上搜救中心紧紧围绕中心工作，主动服务国家改革发展大局，全年共组织协调搜救行动2076次，成功搜救遇险人员15261人，圆满完成了国家重点工程任务的应急保障工作，为服务国家经济社会发展、保障人民群众生命财产安全做出了突出贡献。

习近平总书记指出，文化是民族的血脉，是人民的精神家园，社会主义核心价值观是文化软实力的关键。交通运输部党组要求在“两学一做”学习教育中，讲好交通故事，全面推进核心价值倡导、文化品牌培育工作。为此，我们整理汇编出版此书，在对“十二五”时期海上搜救工作进行系统回顾的同时，对搜救故事进行了梳理。沿着搜救文化建设的脉络，通过对搜救组织管理者的深度访谈，深入挖掘搜救文化的内涵；通过对搜救志愿者的采访，让读者切身体会搜救核心价值观的感召力量；通过对10位劫后重生者的回访，让大众深刻体会政府所提供的及时救助给遇险者生命安全带来的保障

PREFACE

序

及给其价值观等带来的重塑。本书从不同的方面展现海上搜救文化及其核心价值观在保障出行安全、服务国家海洋战略方面所发挥的重要作用和产生的深远影响。同时，我们注重发挥搜救文化输出的辐射力，积极向国际海事组织推荐申报“海上特别勇敢奖”，让更多的国际同行了解中国的搜救故事、搜救英雄，赢得了国际海事组织和国际社会的广泛赞誉。

人民有信仰，民族有希望，国家有力量。在“惠海泽航、人本至善”海上搜救文化的灌溉和滋润下，一批又一批海上搜救人用他们无声的行动，有力地诠释着海上搜救人的铮铮誓言：用最快的速度获取最准确的信息情报、用最科学的决策制定最完善的施救方案、用最有效的手段配备最精干的搜救力量、用最满意的效果回馈最关切的社会期待，为搜救事业注入不竭动力，营造了全社会广泛支持、普遍参与海上搜救的良好社会氛围。

谨以此书，献给奋战在海上搜救一线的工作者和志愿者，并致以崇高敬意。本书也可作为行业精神文明及文化建设、搜救业务培训等的辅助教材。

序

PREFACE

本书的出版工作得到了中国交通报社、交通运输部海事局、交通运输部救助打捞局以及各省级海上搜救中心办公室等单位的大力支持，在此一并表示感谢。

本书编者

2017年1月

目 录

CONTENTS

CONTENTS

目 录

一

惠海泽航　人本至善

惠海泽航　人本至善

——全国海上搜救“十二五”发展成就扫描

中国交通报记者 周献恩　通讯员 屈珊珊

大海，有时平静，有时狂暴。她带给人类不仅有包容和馈赠，还有灾难和痛苦。当灾难来临之时，生死一线之间，谁是希望和依靠?

作为国家海上搜救部际联席会议和国家重大海上溢油应急处置部际联席会议的办事机构，中国海上搜救中心在交通运输部党组的关心支持下，近年来紧紧围绕国家改革发展大局，认真执行两个部际联席会议的重要决策部署，努力践行“惠海泽航、人本至善”搜救文化理念，妥善处置海上突发事件，最大限度地减少海上突发事件造成的人员伤亡，为促进经济社会发展和维护人命财产安全提供了可靠的海上应急保障。

危难之时 “政府来救我们了，我们就有希望了！”

“险情就是命令，时间就是生命。”每当海上事故发生，海上搜救力量总是及时出现，战狂风、斗恶浪，救民于危难之中。

2013年9月29日晚，急促的电话铃声在海南省海上搜救中心响起。因遭受强台风“蝴蝶”袭击，广东、海南两省共有39条渔船、699名渔民被困西沙，生命危在旦夕。中共中央总书记、国家主席、中央军委主席习近平，中共中央政治局常委、国务院总理李克强等中央领导均对搜救工作作出重要指示。

危难之时，交通运输部、农业部、海洋局、海警、边防、海军以及广东、海南省和香港等各方紧急动员，一场与台风赛跑、与死神抗争的“南海大救援”迅速展开。部际联席会议召集人、交通运输部部长杨传堂靠前指挥，经中国海上搜救中心全力组织协调，共出动船舶203艘次、飞机161架次，进行全方位、立体式、不间断搜寻，最终安全救起637名遇险者。

当看到从各方赶来的搜救力量，绝处逢生的渔民潸然泪下，由衷感叹：“政府来救我们了，我们就有希望了！”

这样的案例不胜枚举。2014年，在搜寻马航MH370失联客机时，各成员单位坚持“不间断、不停止、不放弃、不松懈”，先后协调派出舰船、飞机、商船参与搜寻，历时6个多月，搜寻140多万平方公里，充分发挥了部际联动、国际联动机制的作用。如今，按照国家总体部署，中国海上搜救中心正继续做好马航MH370失联客机搜寻后续相关工作。2015年，在处置“东方之星”号客轮翻沉事件中，各成员单位最大限度地发挥应急工作合力，切实保障了救援工作有序高效开展。此外，妥善处置渤海湾5艘船舶进水遇险、“皖神舟67”轮翻扣、菲律宾籍船舶“FOXHOUND”轮遇险……

2015年6月4日，刚刚完成“东方之星”号客轮水下摸探作业的潜水员，一边脱装备，一边与即将下水的同事交流水下情况和作业要点。

“十二五”期间，国家海上搜救部际联席会议各成员单位鼎力配合，确保险情事故得到及时有效处置，以最满意的效果回馈最关切的社会期待。

据统计，“十二五”时期全国共处置海上突发事件10097

起，救起海上遇险者84234名，获救船舶7653艘，日均救起47人，搜救成功率96.1%。中国政府在每一次应急救援中所表现出的响应迅速、指挥有方、救援有序有力，不仅得到国内公众的普遍认可，也受到了国际社会的高度评价。经中国海上搜救中心组织推荐，“十二五”期间我国共获得IMO海上特别勇敢奖28项（1项奖章、7项奖状以及20封表扬信）。

由加变乘 “一案三制”凝聚内生合力

“团结就是力量”，这是国家海上搜救和重大海上溢油应急处置部际联席会议各成员单位团结协作的真实写照。

2016年1月26日，国家海上搜救和重大海上溢油应急处置部际联席会议召开。各成员单位汇聚一堂，在总结“十二五”期工作成绩的同时，也对“十三五”时期和2016年工作进行研讨和谋划。

“我们一直强化部际联动、部省联动。把部际、部省的加法转换成资源共享、优势互补的乘法。”中国海上搜救中心副主任智广路表示。

据介绍，2005年、2012年分别建立国家海上搜救和重大海上溢油应急处置两个部际联席会议制度，经过“十二五”时期调整完善后，其优越性不断发挥。交通运输部认真履行部际联席会议牵头单位职责，各成员单位间形成了统一领导、属地为主、军地结合、专群结合、就近就便的良好工作格局，凝聚了内生合力。与此同时，在交通运输部党组的大力推进下，联席会议及联络员工作制度，紧急会商、联合演习工作制度以及咨询专家组工作章程等相继出台，“一案三制”建设等基础工作持续推进。

预案体系更加完善。在《国家海上搜救应急预案》《海洋石油勘探开发溢油应急预案》等预案相继出台的基础上，《国家重大海上溢油应急处置预案》已上报国务院，国家、省、市、县四级海上搜救应急预案体系逐步建成、完善。

管理体制更加成熟。沿海各省区市和长江干线、黑龙江省等海上搜救机构基本建成，内陆非水网地区水上搜救机构相继成立。以专业救助力量、军队和国家公务力量以及社会志愿者队伍组成的海上搜救队伍体系业已建成。

合作机制更加顺畅。交通运输部分别与环保部、农业部、气象局、地震局、海洋局、海军等签署了相关合作协议，各成员单位也通过高层互访、合作共建、联合发文等形式加强合作。

法制建设卓有成效。《海上交通安全法》正在修订，《边防治安管理条例》已列入国务院立法计划，《渔业船员管理办法》《武警部队抢险救灾实施办法》《中国石化环境应急管理规定》等部门规章也相继修订、完善。全国沿海11个省区市以及黑龙江省均已完成了海上搜救立法工作。

“一案三制”（预案、体制、机制、法制）是做好国家海上搜救和重大海上溢油应急处置工作的重要基础。经过过去五年的建设，“一案三制”已更加完善、科学。

千锤百炼　为了更好地履行神圣使命

千锤百炼，只为更好地履行神圣使命，在关键时刻发挥关键作用。

2015年9月8日，以“关注客运安全、共建平安海区”为主题的大型客船遇险联合搜救演习在烟台海域举行。这是交通运输部联合山东省人民政府开展的迄今为止国内规模最大、转移旅客人数最多的大型客船搜救专项演习。11个海上搜救部际联席会议成员单位所属的23艘船艇、2架专业救助直升机、3台救护车、900余人参演，演习中首次使用客船海上撤离系统进行大规模人员撤离，全方位展示和训练了大型客船应急自救能力及国家海上搜救保障能力。

“能力建设是做好海上应急工作的关键。”智广路表示。“十二五”期间，中国海上搜救中心每年都举办一次大型演习，旨在检验应急准备、查找薄弱环节。此外，指导各地搜救部门举行不同规模、不同层次、不同科目的水上搜救应急演习演练，逐步提升了应对海上突发事件的能力和水平。

2015年9月8日，交通运输部、山东省人民政府联合举行2015年大型客船遇险联合搜救演习。

“十二五”时期，我国海上搜救力量加速发展，海上执法和专业搜救力量日益壮大。如今，交通运输部直属海事系统共有海事执法船艇1099艘，救捞系统共有专业救助打捞船舶200艘，海事救捞系统共有专业救助航空器22架；公安部拥有各型船艇598艘；卫生计生委还组建了36支约1800人的国家级卫生应急队伍。

溢油应急能力初具规模。交通运输系统在全国沿海及长江沿线溢油高风险区建立了22个溢油应急设备库。中石化、中石油和中海油等企业建设了8个溢油应急基地。其中，中石油配备了12艘溢油应急船舶、5艘消防船舶；中海油建有9艘8000马力（58839.9千瓦）专业环保清污船；中石化投入近3亿元配置溢油应急物资和装备。

预防预警能力整体提升。气象局初步建成了由4128个自动气象观测站、25个海上锚锭浮标观测站、28部气象雷达及气象卫星遥感等组成的海洋气象观测系统。海洋局新建了101个海洋观测站点和6个海上综合观测平台。地震局及时准确地提供了相关海域的地震信息。中国海上搜救中心在“十二五”期间共转发极端天气预警信息186万条（次）。

“专群结合”更加突出，各地海上搜救志愿者队伍不断壮大。目前全国已建成海上搜救志愿者队伍80余支，志愿者总数近5000人，浙江、河北、上海等地陆续出台相关发展规划或指导意见。

落实保障　为更快更好发展奠定基础

2014年10月29日3时50分，令人焦急的报警信息报到广东省海上搜救中心：一艘渔船失去联系，最后联系地点在茂名外海35海里附近水域，船上10人生死未卜。

接报后，广东省海上搜救中心一方面协调区域搜救力量前往搜寻，另一方面通知电信部门进行手机定位，通知海洋局南海预报中心做好落水人员漂流路径预报。根据预报，搜救力量紧急展开搜救，最终10名落水人员全部被安全救起……

记者了解到，这是科技手段为海上应急处置提供支撑的典型案例。如今“高分”系列卫星、北斗系统、海上手机定位等装备手段已广泛应用到我国海上应急行动中，为最大限度减少人员伤亡、财产损失、环境污染提供了保障。

“十二五”期间，我国海上搜救和重大海上溢油应急处置基础设施建设快速发展。交通运输部推行的运行监测与应急指挥系统、基于北斗的海上遇险报警管理系统以及国家海上溢油信息共享和辅助决策系统建设得到了大力推进，远洋渔业综合服务平台、卫星AIS系统在远洋渔船险情核查和搜救中广泛使用。《国家重大海上溢油应急能力建设规划》已经国务院批准并印发，《国家水上交通安全监管和救助系统布局规划（2016年调整）》加快修订；卫生计生委正组织编写《突发事件紧急医学救援“十三五”规划（2016—2020年）》；交通运输部稳步推进深海远海搜救及航行应急基础设施建设，并编制了专项规划。

“特别值得一提的是，得益于各项经费的切实保障，近年来基础设施建设进一步推进。”智广路说。

“十二五”时期，财政部安排近70亿元支持海上搜救和溢油应急能力建设；财政部、交通运输部等联合成立了船舶油污损害赔偿基金，并投入了4000万元用于社会搜救船舶奖励和扶持志愿者队伍建设、2000万元用于举办大型演习演练；农业部投入了14亿元专项资金补助参与海上搜救的渔政船及渔船；上海、天津、浙江、广西等省区市设立了专项奖励资金，福建、山东、海南等省均建立了日常经费保障机制。

交流合作 开阔视野展示良好国际形象

2015年5月27日，马六甲海峡，一艘油船与客渡船受台风影响发生碰撞，客渡船破损沉没，船上110人中50人落水失踪，船载货油泄漏入海……在附近海域的“海巡31”轮和中方船艇接到报警后，立即赶赴现场，与马来西亚、泰国、印度等国的搜救力量联合开展海空立体搜救……这是东盟地区论坛第四次救灾演习的场景，也是我国与东盟国家海上搜救领域再一次深入交流与合作。

记者了解到，“十二五”时期中国海上搜救中心积极参与海上搜救双边、多边合作和国际组织事务，加强海上搜救领域的合作与交流，与东盟国家海上搜救合作持续深入，与美国、英国、丹麦、瑞典等国家的交流合作日趋频繁。同时，黑龙江、山东、广东等省级海上搜救中心不断深化与周边国家、地区的海上搜救合作。

“交流合作，是做好海上搜救和重大海上溢油应急处置工作的有效途径。”智广路表示，“十二五”期间，中国海上搜救中心深入推进中国—东盟海上搜救合作，巩固中日韩俄四国搜救机制，在沟通中增进了解与互信，在交流中开阔视野，展示了我国负责任的大国形象。

价值引领　搜救文化内涵愈加深厚

浙江台州，有位渔民坚守初心、善行天下，他的事迹家喻户晓。

30多年来，他在风口浪尖上共救起300多人，从未收取任何报酬；30多年来，他的手机号渐渐成了当地最知名号码。

他就是“全国道德模范”、被誉为“平安水鬼”、获得IMO海上特别勇敢奖的郭文标。在人们眼里，他就是当代“妈祖”，用几十年的坚持生动地诠释着“惠海泽航、人本至善”的深刻内涵——“惠海”，服务国家海洋经济发展和民生；“泽航”，护佑海上航运、渔业等用海活动安全；“人本”，生命至上，以人命救助为首要使命；“至善”，海上搜救竭尽全力、不轻言放弃。

“十二五”期间，中国海上搜救中心以文化为先导，不断创新服务理念，体现时代精神风貌。“妈祖”“京口救生会”“长江救生红船”等搜救文化得以传承，“险情就是命令，时间就是生命，团结就是力量”的搜救精神得以弘扬，海上搜救文化内涵不断丰富。与此同时，大力开展搜救获救人员回访活动，海上搜救文化的感召力、影响力大幅提升。

正是这种责任、信念和文化感召力，支撑着专业海上救助队伍和搜救志愿者勇敢地面对一次次惊涛骇浪、浓烟烈火中的生死大营救，履行“人命救助、环境救助”使命。

正是这种承诺、信任和文化感召力，让人们每到危难之时都立刻想到政府、依靠政府。“12395”海上遇险报警电话家喻户晓。“把生的希望留给别人，把死的危险留给自己”的精神让人一次次感动。

“惠海泽航、人本至善”的海上搜救文化理念正渐入人心。

生的希望

二

海上搜救文化访谈

文化引领 惠海泽航

——访中国海上搜救中心副主任智广路

中国交通报记者 姜秋华

中国海上搜救中心副主任（正局级）兼部应急办主任 智广路

海上搜救文化历史悠久、源远流长，始终贯穿于我国经济社会发展尤其是海上交通发展的全过程。近几年，中国海上搜救中心以文化为先导，以实际行动践行社会主义核心价值观，精心培育打造出“惠海泽航、人本至善”的文化品牌。海上搜救文化品牌的内涵是什么，自创建以来产生了怎样的效果，其品牌影响力是如何在搜救获救人员身上体现的？近日，记者采访了中国海上搜救中心副主任智广路。

文化品牌的“三大枝干”

智广路表示，“惠海泽航、人本至善”的文化品牌犹如一棵枝繁叶茂的大树，形成了价值理念体系、形象标识和文化理念“三大枝干”。

一条“枝干”是完善的价值理念体系，主要包括四部分内容。其一，海上搜救的核心价值观“惠海泽航、人本至善”，根源于《大学》：“大学之道，在明明德，在亲民，在止于至善”。其中“惠海”就是服务国家海洋经济发展，“泽航”就是为航运保驾护航，“人本”就是始终坚持以人为本，“至善”就是在海上搜救过程中全力以赴、不遗余力，以最满意的搜救效果回馈最关切的社会期待。其二，海上搜救的精神是：“险情就是命令，时间就是生命，团结就是力量。”其三，海上搜救的行动指南是“八个最”，即以最快的速度获取最准确的信息情报，以最科学的决策制定最完善的施救方案，以最有效的手段配备最精干的搜救力量，以最满意的效果回馈最关切的社会期待。其四，海上搜救的职业道德是千锤百炼（人员精干、装备精良、技术精湛，关键时刻发挥关键作用），千方百计（殚精竭虑思考救助方案），千辛万苦（排除万难实施救助行动）。

中国海上搜救中心徽标

另一条“枝干”是独特的形象标识——中国海上搜救中心徽标。这个2009年正式启用的徽标，由五角星、救生圈、海豚、太阳、橄榄枝、缆绳和中、英文组成。整体图案表达了中国海上搜救中心和全国搜救工作人员全力救助海上遇险船舶和人员，积极营造祥和安全的海上运输环境的寓意。

“专群结合”的文化理念也是一条不可或缺的“枝干”。2008年12月，按照“总体推进，典型示范”的工作原则，中国海上搜救中心先后选择湖北荆州、浙江温州为试点单位，开展内河及沿海搜救志愿者队伍建设工作。试点期间，志愿者多次成功救助遇险人员，有效地补充了专业搜救力量。2010年12月，全国首支省级海上搜救志愿者队伍在天津市建立，为海上搜救志愿者工作向全国推广奠定了坚实基础，适合中国国情的海上搜救志愿者队伍体制和机制正逐步形成。据统计，我国的社会力量参加了70%以上的海上搜救工作，参与处置重特大险情达300多起。

中国海上搜救中心荣获“中央国家机关五一劳动奖状”。

为搜救事业注入不竭动力

在文化品牌的引领下，中国海上搜救事业结出累累硕果。“在加强文化品牌建设过程中，我们始终将海上人命救助放在第一位，为其提供了强大的精神动力、思想保证和智力支持。”智广路表示。

近几年来，交通运输部部属有关单位以人命安全为核心，文化建设与搜救事业同步发展，既集中统一，又各具特色，打造了一批文化品牌。比如，“把生的希望送给别人，把死的危险留给自己”的救捞文化，莆田海事局“当代妈祖”文化品牌以及被誉为“活妈祖”的民间海上搜救先进代表郭文标等。百花齐放的文化品牌建设，推动搜救工作更加贴近实际、贴近生活、贴近群众，使搜救工作被全社会所认知认同，形成了凝聚人心、引领方向、振奋精神、传承传统的良好风气，展现了搜救文化既具深厚的文化底蕴，亦能体现当代搜救人的时代精神。

同时，还有力地提升了海上搜救软实力。通过“惠海泽航、人本至善”的文化品牌建设，从根本上提高了海上搜救相关人员的思想品行和人格素养，促使其充分发挥主观能动性，并积极构建形成“内部熟知、外部认可”的搜救文化，让社会各界更加关注、关心和支持海上搜救，为搜救的可持续发展植入源源不断的动力。

“海上搜救工作的核心是人命救助。”智广路表示，在文化品牌建设中始终将人命救助放在第一位。近几年，搜救体制机制逐步理顺，在我国沿海及长江干线先后成立了由省、自治区、直辖市人民政府领导牵头的海上搜救中心，形成了沿海11个省、自治区、直辖市以及长江、黑龙江干线水域完整覆盖的搜救网络，并建立起国家海上搜救部际联席会议制度。

据统计，2005年至2016年的12年间，中国海上搜救中心共组织搜救行动23298次，协调飞机3379架次，协调各类船艇88124艘次，在我国搜救责任区搜救遇险船舶25807艘、遇险人员228509人，其中获救219707人，平均每天救起50人，搜救成功率达96.15%。特别是在“9・29”西沙遇险渔民大搜救和马航MH370失联客机搜寻等重大海上突发事件的处置过程中，中国海上搜救中心精心组织、周密部署，积极有效地开展突发事件处置，得到了党中央、国务院和中央军委的充分肯定，受到了社会各界的广泛好评。

做当代妈祖　守海峡平安

——访福建海事局局长、福建省海上搜救中心常务副主任何易培

中国交通报通讯员 李鑫　实习记者 赵宇

福建海事局局长、福建省海上搜救中心常务副主任　何易培

作为保障水上交通安全和人民群众生命财产安全的最后防线，海事部门承担的海上搜救职责与妈祖海上救难的精神高度契合，被亲切地称为“当代妈祖”。福建海事局局长、福建省

海上搜救中心常务副主任何易培开门见山地表示："福建海事局地处妈祖故里、妈祖文化的发源地，我们一直坚持汲取妈祖文化精神精髓，找准妈祖精神和海事搜救精神的契合点，既为妈祖文化注入时代特征，又为海上搜救延伸文化脉络，努力打造'当代妈祖'文化品牌，成为中国海上搜救'惠海泽航、人本至善'核心价值观的重要组成部分，文化品牌的建设过程也是福建海事以实际行动守护辖区平安的过程。"

以文化建设弘扬妈祖大爱精神

妈祖，本名林默，诞生于宋建隆元年（960年），宋雍熙四年（987年）在救助海难时不幸遇难。她一生奔波海上，救急扶危，济险拯溺，航海人敬之若神，一直有"长随圣母保平安"的说法。妈祖信仰随着海上贸易、船舶运输不断扩散传播，在世界上20多个国家和地区落地生根，全世界信仰妈祖的信徒超过2亿人，奉祀的天后宫达4000多座，妈祖信仰成为中国航海文化的重要组成部分。

航行于茫茫大海，穿梭在惊涛骇浪中，航海自古至今都是相对艰苦并且具有较大风险的职业，同舟共济、精诚团结、扶危济困是所有航海者的共识和行为准则。而在实际工作中，周边和过往船舶是实施救助行动最快捷的力量。在航海技术不发达的时代，惊涛骇浪中的航海者有对出海平安的心理期盼，传诵爱戴妈祖是人们在同自然和命运搏斗中所产生的善良愿望和美好理想。正如沈葆桢题写的楹联所言：

视远为明，知普度众生，全凭慧眼；恩溺由己，愿永清四海，上慰婆心。

天后宫妈祖神像。

福建海事局通过打造“当代妈祖”文化品牌，重要的目的是弘扬“立德、行善、大爱”的妈祖精神，主动有为，通过各种有效渠道，提升海上搜救的社会影响力。

明清时期，随着福建人向台湾迁移，妈祖文化也随之流传到台湾并成为台湾民众的普遍信仰。福建海事局充分发挥独有的区位优势，围绕保海峡平安的共识与台湾有关方面加强搜救合作，轮流主办海上联合搜救演练，推动海峡两岸海上搜救合作机制在“破冰—建制—提升”的过程中取得新突破；通过落实国家海上搜救专项奖励政策，对积极实施海上救助的社会船舶进行表彰奖励，进一步弘扬了扶危济困的海上搜救精神，激发社会力量参与海上搜救的荣誉感和积极性；鼓励社会各界参与和支持海上搜救工作，建立了14支共800余人的海上搜救志愿者队伍和海上溢油志愿者队伍。

建立协调高效的海上搜救工作机制

民间传说中，无论多大险情，妈祖都能有求必应、有效护助，妈祖也逐渐成为航海者安全出海和平安返航的心理信念。流传的一则故事让人感动：妈祖为营救夜晚海上迷路的航船，竟然不顾自身安危，将自家的房屋点燃，最终让遇险的船舶脱离险境。“传说毕竟只是传说，海上搜救工作不能单打独斗，需要各方面的团结配合、通力协作。”何易培说，“做当代妈祖，保海上平安，首先就是要建立起协调顺畅的海上搜救工作机制、科学有效的搜救工作预案。”

经过多年的努力，福建海事局推动建立了以省政府统一领导、省海上搜救中心组织协调指挥、各成员单位共同参与、社会各界广泛支持的海上搜救工作格局，确立了“政府领导、分级负责、属地管理、统一指挥、科学安全、就近快速”的搜救原则，牵头省内27家单位建立了“福建省海上搜救厅际联席会议制度”和“福建沿海水上交通安全工作厅际联席会议制度”，与毗邻省份建立了“华南四省（区）海上搜救联席会议制度”和“华东四省一市海上搜救联席会议制度”。

福建海事局推动《福建省海上搜寻救助规定》于2015年2月颁布，填补了福建省海上搜救领域的立法空白。《福建省海上搜救工作预案》《福建海域船舶污染应急预案》《福建省防治船舶及其有关作业活动污染海洋环境应急能力建设规划》《福建沿海航行指南》，以及厦门水域“船舶定线制”“船舶报告制”也相继编制实施，极大地提升了海上搜救、应急处置的法治化水平。2015年11月，福建省在全国沿海省份中率先出台了“支持海事工作促进港航经济发展六条措施”，对海上搜救“一案三制”建设、统一布局搜救资源、提升应急处置能力、落实搜救保障等方面给予了明确支持，为进一步理顺搜救工作机制、提升搜救能力提供了新的动力。

提升海上搜救应急处置能力

妈祖自幼聪颖、敏而好学、通读经书、精研医理，而且通晓天文气象、熟悉水性、善辨风云，拥有一身扶危济困的本领，相传妈祖可“化草成舟”拯救遇险船舶。

何易培告诉记者，真实的海上搜救是一项系统工程，涉及各方力量和技术环节。福建海事局一直在整合资源、形成合力上下功夫，提升海上搜救队伍实战能力，努力实现“反应快、拉得出、救得回”的目标；配合地方人民政府在6个沿海设区市成立海上搜救中心之后，又相继在12个沿海区县建立了海上搜救分中心，编制符合当地气象海况实际和船舶流量特点的海上搜救应急预案，以演练促实战，每年组织举办各类海上应急搜救演练40余次。

2014年海峡两岸海上联合搜救演练在福建举行。

海上险情事故往往发生在气象海况十分恶劣的时候，搜救工作不仅需要大无畏的精神和坚定的信心，也需要准确的信息情报和有效的手段配备。相传妈祖属下有“千里眼”和“顺风耳”，故而能在惊涛骇浪中为舟船引航，趋吉避凶。据何易培介绍，福建海事局不断推进海上搜救设施装备现代化建设，建成了船舶交通管理系统、海上遇险安全通信系统、甚高频无线通信系统，形成一支基本满足要求的海上执法船艇队伍并抓紧推进大型巡航救助船项目建设，建成了8个海事工作船码头和2个国家级溢油应急设备库。此外，福建海事局还积极协调在沿海设置了9个应急救助待命点，配置了专业救助船和专业救助直升机，设置了2个救助飞行基地。

“灵妃一女子，瓣香起湄洲。”一位普通的渔家姑娘之所以成为商旅渔家信奉的海上保护神，蕴含着民众对海上航行安全的朴素追求。何易培表示，随着福建“21世纪海上丝绸之路核心区”、福建自贸试验区建设的稳步推进，辖区船舶流量、通航密度以及海上交通安全风险不断增大的情况下，福建海事局将继续传承发扬妈祖精神，全面履行海事监管服务职责，全力保障水上交通安全，以维护人民群众生命财产安全的具体作为践行“惠海泽航、人本至善”的海上搜救核心价值观。

传承“红船”救生文化
呵护长江水上交通安全

——访长江海事局局长、长江干线水上搜救协调中心主任阮瑞文

特约记者 廖磊 刘玉宝　中国交通报记者 冯伟

长江海事局局长、长江干线水上搜救协调中心主任　阮瑞文

在江苏省镇江市云台山北麓的古官道上，有一条1000多米长的青石古街——西津渡街。江水退去之后，过去舟楫如织的西津渡口，如今车水马龙。离古渡口不到50米处，就是世界上最早的专业人命救助机构之一——西津古渡的“救生会”。

在“救生会”里，所有的救生船均被漆成红色，俗称“红船”。红色光的光波容易穿过水层和雨雾，这样，即使在大雾弥漫的天气或狂风暴雨里，人们老远就能看见它，以便有效避让、求救和施救。

“救生会”红船

滚滚长江东逝水，自古以来，长江带给沿江百姓无限包容和馈赠，也带来了洪水、船舶翻沉等灾难。当灾难来临之时，生死一线之间，从宋代的救生性质的官渡船，到明末的救生

“红船”，再到清康熙年间的“救生会”，不断为灾难中的人们送去生的希望。

“红船”文化不断滋润和影响着长江航运。作为代表国家依法履行长江干线水上人命救助职责的主要执法力量，近年来，长江海事局积极传承西津古渡“救生会”无偿自愿救助“涉江覆舟者”的大爱精神，努力践行“惠海泽航、人本至善”搜救文化理念，强化水上应急处置，最大限度地减少人员伤亡，庄严履行人命财产救助职责。

“一案三制”凝聚内生合力

明朝正统年间，巡抚侍郎周忱打造了两艘救生专用“红船”，并向民间招募水手30余人“济度救生”。这是真正意义上的长江水域搜救专业队伍。时代在变，但是搜救的内涵从未改变。

“‘一案三制’（预案、体制、机制、法制）是做好长江水上搜救工作的重要基础。我们长江海事部门一直十分重视搜救相关预案、体制、机制的建设，也取得了明显的成效。”阮瑞文告诉记者。

据了解，按照《交通运输部关于推进长江航运科学发展的若干意见》和中国海上搜救中心关于水上搜救工作的相关要求，长江海事部门及时修订了《长江海事局水上突发事件应急预案》，完善和调整了组织体系、安全预警、应急响应、应急保障等内容，并有效运行。

“同时，我们还一直积极完善应急联动机制，推动建立跨部门、跨行业、跨区域的应急联动，实现资源共享，优势互补。”阮瑞文表示，长江海事部门起草《长江干线水上交通安全应急信息共享及联动合作备忘录》，联合重庆、湖北、湖南、江西、安徽四省一市地方人民政府，建立长江干线水上交通安全与防污染信息共享及应急联动合作机制；全面推进气象安全预警合作机制，全线13个搜救指挥中心分别与本辖区地方气象部门签署合作协议，强化气象安全预警应急联动机制，强化长江水上应急部门间、行业间联动合作，有效预防预控水上安全风险，提升长江干线水上突发险情应急处置能力和水平。

近三年来，长江海事局共组织实施各类水上搜救行动762次，成功救助遇险人员12113人、遇险船舶963艘，成功开展了2013年“4·30长江观光七号”火灾事故、2015年“东方之星”号客轮翻沉事件应急救助，有效处置了“6·24”重庆巫山大宁河江东寺滑坡事件和干井子滑坡隐患，为促进沿江经济社会发展和维护人民群众生命财产安全提供了可靠的应急保障。

“救助利器”助力水上安全

“工欲善其事，必先利其器。真实的长江水上搜救不仅要依托各种应急预案、大无畏的精神和坚定的信心，还要有科学有效的搜救装备和准确及时的信息情报。”阮瑞文表示，“红船”文化激励着现代搜救人，要用更加科学现代的手段，精心呵护生命和财产安全。

近年来，长江海事局一直在应急救助设备建设上下功夫，着力提升应急处置能力。他们大力推进巡航救助综合基地建设，规划建设了9个巡航救助综合基地、1个搜救协调中心、11个搜救中心，设置运转了182个应急动态待命站点，保持24小时应急值班待命。他们推进船型开发与升级，构建完成了40米

长江海事局巡航救助基地

级、30米级和20米级巡航救助船及15米级巡逻快艇系列船型建设标准，形成了不同尺度、功能上各有侧重的巡航救助一体化系列船型。他们推进防污染设备库建设，建设了9个溢油应急设备库和3个溢油应急设备配置点，配备各类围油栏9100米，吸油毡24.6吨，多功能溢油回收船3艘，收油设备46台。

针对辖区“六多一杂”（桥区坝区多、渡口渡船多、港区停泊区多、危险品作业点多、船舶船公司多、水运从业人员多、通航环境复杂）的特点，长江海事局还不断推进搜救设施装备现代化建设，打造长江干线的“千里眼”和“顺风耳”。

他们创新安全监管模式，率先提出了“电子巡航”目标，确立了“有痕管理、无打扰服务”理念，构建了统一的巡航监管预警平台。先后建成运行12个VTS中心、75个VTS雷达站、67个AIS基站、517个CCTV监控点、66座VHF基站，雷达覆盖水域达1000公里左右，AIS基本覆盖长江干线重庆朝天门至江苏南通段，CCTV实现部分重点水域的可视化监控，VHF基本实现长江干线甚高频的链状覆盖。

据统计，近三年来，电子巡航系统共提供信息服务104万余次，监控重点船舶120万艘次，有效避免险情2300余起。累计发现违法行为11万余次，日均126次，违法发现率占船舶流量约2%，远程纠正违法9.8万次，日均112次，其中违反通航秩序行为占90%。

“文化引领”丰富搜救内涵

近年来，长江海事局坚持文化引领、文化惠民，不断传承“救生会”“红船”等搜救文化精神，不断丰富完善“长江水上安全卫士”的搜救文化内涵，大力推进长江搜救志愿者队伍建设，鼓励扶持推动社会应急救助力量发展壮大，健全完善水上搜救志愿者队伍数据库，强化对社会应急资源的动态管理。截至目前，长江海事局辖区已建成救助打捞公司15家，搜救志愿者队伍13支，志愿者总数近400人。

长江海事局还积极联合湖北省人民政府，建设了全国首家内河水上搜救综合训练基地——湖北省水上应急培训与演练中心，承担内河水上安全监管搜救综合素质和技能系统训练工作，实现了长江水上搜救培训、演习、考核、实战的一体化，大大提高了长江水上搜救能力，有效减少人员伤亡和财产损失。

水上遇险，请拨打“12395”，把生的希望留给别人，把死的危险留给自己……在一次次惊心动魄的救助过程中，越来越多的人开始关心关注长江水上搜救，也开始参与到这项事业中来，在无声中书写大爱，长江搜救文化也在这种无声的救援中日益丰富完善，渐入人心，为推动长江海事科学发展、打造长江黄金水道提供了强大的精神动力和智力支持。

生的希望

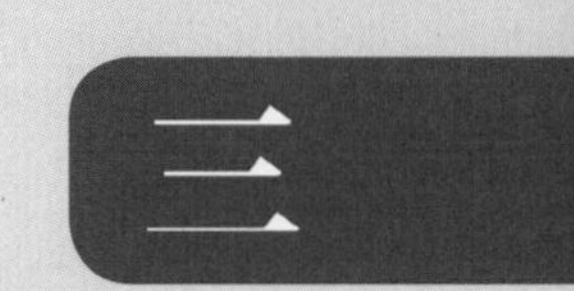

重　生

——海上搜救获救人员系列回访录

重　生

——开栏的话

什么是命悬一线？什么是生死瞬间？什么是生命奇迹？什么又是转危为安？这些恐怕只有亲身从死亡线上挣扎过来的人才能真正地了解和体会。有了这样的经历，重生对于他们，或许已不只是重新获得生命那样简单。

重生——海上搜救获救人员系列回访录，通过对过去几年海上搜救典型案例中搜救获救人员的回访，不仅还原再现当时惊心动魄的场景，更重要的是展现成功施救或获救后，这场生死经历给他们在工作、家庭、生活以及价值观等方面带来的影响和变化，生动诠释“惠海泽航、人本至善”的海上搜救文化品牌内涵和大爱无疆的精神。

回访录之一：

唐文龙：善待家人 好好活着

中国交通报记者 冯伟

11月18日清晨，山东荣成市成山镇西北泊村还笼罩在一片薄雾之中，地里一排排的冬小麦泛着青苗，空气中弥漫着昨夜烧过的秸秆味儿。微风吹动村路旁的松柏树沙沙作响，偶尔一辆农用拖拉机“突突突”地从村头开过。就在这里，记者见到了4年前“10·9”渔船翻沉事故中的被救渔民唐文龙。

一身深色的打扮，身材略微有些发福，满脸的络腮胡，头顶的帽子压得很低。“你比照片上胖了些啊。”记者笑着说。“刚从船上下来，我一上船就会胖。”唐文龙腼腆地答道。

家人在心里越来越重

唐文龙的家，在村里还算富足。100多平米的水泥房，黄灿灿的玉米棒堆在屋顶。一锅刚煮熟的红薯，热腾腾地冒着热气。唐文龙的母亲正准备将红薯剥皮、切条、晒干好过冬。唐妈妈很健谈，看到记者来，热情地给记者拿红薯吃。这几年，唐文龙只要不出海打鱼，就会来家里陪她。“果园里的苹果熟了，他还要跟他爸一起把苹果摘了哩。”唐妈妈开心地笑着说。唐文龙安静地站在母亲旁边，笑盈盈地一会看看母亲，一会望向记者。

从2011年10月9日被救至今，4年里，唐文龙的生活平静、普通。在他心里，家人的分量越来越重。“俺差点就知道死是啥滋味。再‘活’一次，更知道家人有多重要。”他说。

回忆起出事的那天晚上，唐文龙点起了一根烟，“翻船之后，水一点点往上漫，淹到了脖子、下巴，气都上不来。”唐文龙的眼神有些暗淡，苦笑着说。当时大家都在交代后事。有人想到了还没出嫁的女儿，有人提到了攒了钱要给儿子买房，还有人从兜里摸出100块钱贴身掖到内裤里，说找到尸体后，还能给家里人再留点“遗产”。而他满脑子想的都是父母。“父母年纪大了，我还没好好孝顺他们。”想着想着，唐文龙的眼泪就再也止不住。

都说人在生死的瞬间，最能知道心里最牵挂的人和事。所以再“活”一回的唐文龙把父母看得格外重。唐文龙说，以前每次回家，自己拿上需要的东西就走，从来不多留。现在，他会更多地跟家人一起吃饭，“老婆儿（唐妈妈）也不让我做饭干活，就是有时候帮忙种个地。能看到他们，那种感觉就很好。”

唐文龙被“北海救115”轮船员从翻扣渔船中救出。

活着就是福

4年里，唐文龙还一如既往地出海打鱼。不过以前他是在山东，现在来到了西太平洋上的公海。“既然再‘活’了一回，咱就尽可能多看看外边是啥样呗。”唐文龙说。这搁以前，他想都不敢想。

每次在秘鲁登船，飞机往返。“俺头一回坐飞机，可稀罕了。”唐文龙笑着对记者说道。来到秘鲁，他发现原来海还可以那么蓝，鱿鱼有一米多那么长，每天一条船能打四五十吨鱼。外边带给他的是一个全新的世界。

新奇过后，唐文龙坐在船舱，还会经常想起4年前那个濒临死亡的晚上，想到船舱里空气越来越少，“压气，喘不过来”的感受。

“太难受了。就那么等死。”唐文龙对记者说，“可都说好死还不如赖活着。我心里还总有希望，总觉得政府不会就这样丢下我们不管，一定会派人来救援。心里有这个念想，就没那么绝望。”

当转着圈的亮光从远远的地方透过来，唐文龙说：“我知道有人来救我们了！”他清晰地记得被救出水面的那一刻，

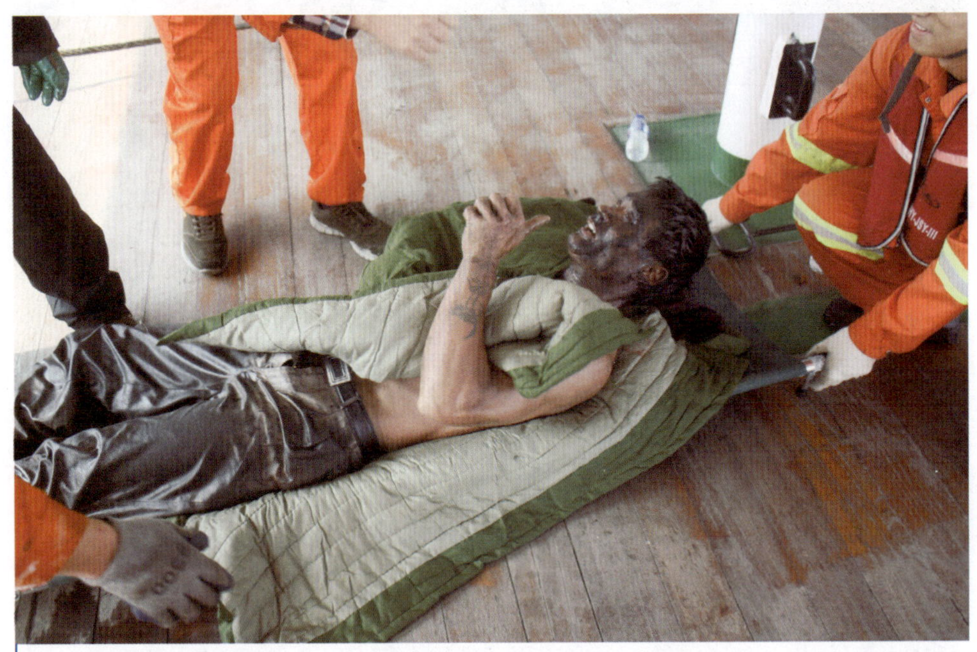

获救后的唐文龙向“北海救115”轮船员表示感谢。

“金色的水面，小鱼在那儿游，那种心情太好了！”

四个被困的渔民里面，唐文龙最后一个被救出来。他说当时他最年轻，能比别人多熬一会。记者问：“难道不害怕在搭救过程中，再发生什么意外吗？”唐文龙答：“没想那么多，就是觉得有人来救了，心里踏实。”

经历过生死，唐文龙更加珍视生命。他会把这段经历讲给第一次上船打鱼的伙伴，“就是现身说法。告诉他们要善待家人，珍惜生命。要在打鱼的时候多注意安全，多长点心眼。”唐文龙说。每次钓鱼收钩的时候，唐文龙会帮周围的人多看一眼，“两米的鱿鱼会带着鱼钩甩上来，不注意很容易伤着人。”

听完他故事的人，大多会笑着说，“大难不死必有后福哇。”唐文龙自己感慨：“大福气咱不奢求，政府救了咱一命，咱就得像现在这样好好活着。”谈到未来，他说，“希望将来能做个小生意，安安稳稳陪在父母身边。”在一旁的唐妈妈接过话头：“将来能娶一房媳妇就更好啦。”

□采访手记

走进唐文龙的生活、面对面地和他坐在一起聊天，才明白重生并不是我之前设想的发生怎样翻天覆地的改变，或者对生命大彻大悟的感受。这种岁月静好、平安是福的感悟，也许是对重生另一种更有力度的解释。

采访过程中，唐文龙母亲的笑容让人印象深刻。我有时会想，如果没有中国海上搜救中心迅速协调海上搜救力量第一时间赶赴现场，如果没有参与此次救助的北海救助局救援人员王海杰、胡学全等竭力打通救援通道，连续十几个小时不言放弃地轮番下水探摸搜寻，直至把4名受困渔民安全救出水面，唐妈妈的脸上如今还会再有这样灿烂的笑容吗？

王海杰曾告诉记者，在打通救人通道时，一只手猛地抓住了他。对潜水员来说，被遇困人员钳制是件非常危险的事。他挣脱着，却永远不能忘记那只手传递给他的强烈的求生渴望。胡学全说，至今他还记得，潜入失事渔船驾驶舱时看到的4具直立浮在水里被绳索缠绕的遇难船员尸体。

“惠海泽航、人本至善”，是海上搜救的核心价值观，也是许多像王海杰、胡学全一样投身于海上搜救事业人们的内心信仰。正是他们始终坚持以人为本，全力以赴，以最满意的搜救效果回馈最关切的社会期待，才拯救了更多的人和他们背后的家庭，才有更多的父母、妻子和儿女脸上能够呈现出像唐妈妈一样的笑容。

重生之后方享生活的平静与美好，只因有他、他们——可敬的海上搜救人员！

□事件回放

2011年10月9日22时30分，在烟台西北约50海里处，渔船“辽丹渔26628”轮被撞翻扣。接到中国海上搜救中心救助指令后，交通运输部北海救助局立即派人前往事发海域进行救助。当时渔船倒扣在海中，船头底部露出水面约1.5米，水下渔网和木板等杂物堆积在舱口，船舱内漆黑。4名潜水员克服重重困难轮番下水，探摸搜寻，清理周围杂物，打通救援通道，并通过声音辨识出有幸存的被困人员。经过近14个小时生死营救，挽救了4名被困人员生命。

回访录之二：

朱逸希一家：怀着感恩的心起航

中国交通报记者 冯伟

12月11日清晨，浙江省温州市洞头辖区唯一有常住居民但没对外通车的鹿西岛早已开始了热闹的一天。

码头边上，十几个准备出岛的乡民有说有笑地等着客船。街边一栋栋二层或三层的简易旅馆已经开门营业，卖早点的小贩将新煮好的豆浆盛出锅。勤劳的妇人熟练地将河豚、马鲛鱼，去内脏、分割、准备晒干。一阵海风吹过，浓浓的鱼腥味扑面而来，街道上悬挂的风干龙头鱼，像一排排彩旗晃动着欢迎初来鹿西岛的人们。

就在这里，记者见到了三年前在12级台风中被营救的小主人公——朱逸希。长长的睫毛，漂亮的大眼睛忽灵灵闪动着，鹅黄色的棉服，配着深蓝色的牛仔裤，帅气又可爱。或许这个刚满3岁的小家伙还无法深刻地体会，经历了那场海上接力大营救之后，他的家庭已悄然发生了改变。

找政府帮我们

这是一个富足的五口之家。一栋二层的联排楼房里，一张大大的结婚照醒目地挂在客厅。年轻的小两口在外地做生意，丈夫偶尔回来打鱼。平常朱逸希就交由爷爷奶奶照顾。三年里，小家伙快乐健康地成长着。每天老两口起床第一件事就是给孙子做早饭，然后再手牵手送他上幼儿园。有时候孙子很调皮，惹得朱爷爷几次要动手打他屁股，可是望着孙子，朱爷爷抬起的手，怎么都舍不得落下来。老人家操着浓浓的方言告诉记者，朱家两代单传，自己40岁才求得一子，如今刚有了独孙，每天和孙子坐在一起吃饭，看着他在身边胡闹，就是一种幸福。

可是这种幸福，却经历过三年前的一次“浩劫”。

朱逸希的妈妈李瑶瑶至今还清晰地记得当时的情景。那是2012年8月的一个白天。李瑶瑶回忆，出生还不到6个月的朱逸希被诊断为重症肺炎，“当时他就在我怀里，艰难地喘着气，小脸被憋得通红。乡里大夫说必须马上送出岛转到市里大医院治疗，要不然……”李瑶瑶哽咽了一下，没再说下去。

当时是早上8点，可是天黑得像晚上。她的心情也像当时的天空一样昏暗压抑。那天整个温州辖区发出了12级台风预警，所有船舶都到附近的避风锚地驻泊。茫茫大海，放眼望去，除了被掀起的四五米高的层层巨浪，海面上空无一物。“让我去哪里找船啊。”李瑶瑶透着难以掩饰的无助，“我紧紧搂着孩子，眼泪哗哗地流。”

然而，哭不能解决问题。家里人提议“要不找政府吧，看看有没有办法"。他们找来了副乡长，通过乡里拨通了"12395"海上遇险求救电话，联系上了温州市海上搜救中心。

鹿西岛客运码头，朱逸希被转移到"海巡111"轮。

"感觉很快，救援人员就来了。"当时心急如焚的李瑶瑶回忆说，"当我站在码头上看到船的时候，心里一下就踏实了。"后来救援船顺利到达温州瓯江海事处码头，救护车已经守候在那里将朱逸希及时送往医院。

我们也要帮助别人

经历过这件事的朱家比以前更多地学会了感恩。当乡里询问他们要不要当海上搜救志愿者，朱逸希的爸爸一口答应。"这是一件大好事。全家都支持。”李瑶瑶说，“我们自己的孩子受了别人的帮助和恩惠，我们也要做一些事情来帮助别人。”

搜救人员对朱逸希的救命之恩让朱家人一直挂在心头。李瑶瑶告诉记者，那天很多救援人员的艰辛和不易，她是事后才知道的。

李瑶瑶回忆，登船后她只记得救援人员在中途把他们换到了速度更快的小船艇上。一路上她被海浪颠簸得厉害，只能紧闭双眼；坐在座位上，即使系上了安全带，还感觉随时要被弹出来。

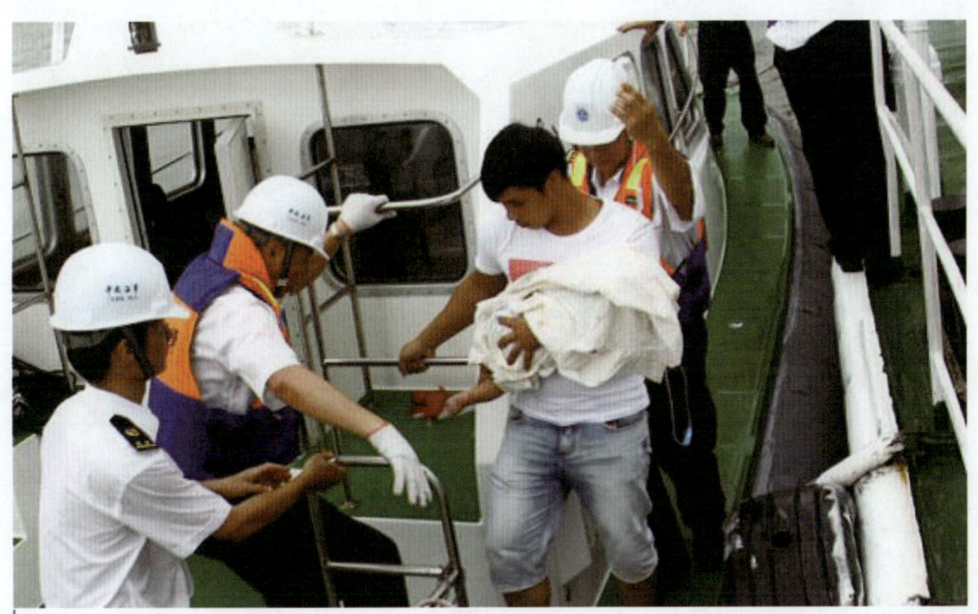

“海巡1172”艇靠泊温州市瓯江海事处码头，朱逸希被救护车送往医院救治。

后来，孩子的爸爸告诉她，那天海巡艇上仅有的4个座位都让给了他们的家里人。来救孩子的人都站在舱里，被颠得东倒西歪。她的丈夫抱着正在吸氧的孩子，救他们的人一边勉强用硬物支撑身体，一边轮流帮孩子举吊瓶。因为他们中途换了速度更快的小艇，原来1个小时的航程被缩短到40分钟，给孩子换来了宝贵的医治时间。

再后来，他们又知道了那天接他们的海巡艇，设计抗风等级只有8级，来救他们的人是冒着随时可能翻船的生命危险。

了解到营救的艰辛，才更珍惜今天来之不易的幸福。采访中，李瑶瑶一直望着儿子，眼神温柔。记者问她："如果那天没有政府来接你们，现在会是什么样？"这位年轻的妈妈一愣，紧接着俯身蹲在孩子旁边，把儿子拉入怀里，"真的不敢想象，他是我的命根子。"

朱爷爷更是难以掩饰内心的激动，连连对记者说，"如果孙子出事，得要了我的老命。这得感谢政府，感谢政府啊。"

事后，当乡政府询问朱逸希的爸爸要不要当海上搜救志愿者，老爷子也不假思索地答应下来。"虽然目前还没赶上过救援，但孩子爸已经接受了培训，做好了准备。"朱爷爷说，"我们知道这种被救的幸运，如果孩子爸能多救一个人，就会多一个家庭像我们这样幸福。"说话间，朱逸希送来了热茶。朱爷爷接过杯子，喝了一口，暖意从嘴角涌进心田。

□采访手记

这是关于一个孩子、一次生死营救带给一个家庭变化的故事。当采访结束，我在思索，重生到底意味着什么？它只是一种生命的延续吗？

采访中孩子母亲的话让我印象深刻。“我们自己的孩子受到了别人的帮助和恩惠，我们也要做一些事情来帮助别人。”一句简单的话，朴实、有力，也说出了善良的人心底最温柔的心声。“惠海泽航、人本至善”——海上搜救所崇尚的核心价值观正在潜移默化地影响着被救的人，感召着更多像朱逸希爸爸一样的人用自己的力量去营救他人。

采访中，鹿西乡政府工作人员告诉我，鹿西岛现有百余名搜救志愿者，其中约40人都有被救助的经历。从2008年温州市海上搜救中心组建第一支苍南海上志愿者队伍到现在，温州已有近300人成为海上搜救志愿者。这样一支队伍正在发挥“就近救助、渔民自救”的优势，日渐成为海上搜救不可或缺的补充力量。据温州海事局统计，近5年来，17%的辖区内获救人员由海上搜救志愿者成功营救。志愿救助船队“浙平渔2325”以及渔民林忠明先后被评为国际海事组织“海上特别勇敢奖”及全国劳动模范。

这些不禁让我感慨：挽救生命，让“惠海泽航、人本至善”的精神传承，吸引更多人加入海上搜救志愿者队伍，构筑起一道官方、民间一体的海上立体救助网络，让更多遇险的人转危为安获得新生，这才是重生的真正含义！

□事件回放

2012年8月2日9时许，温州海事局执法支队接到温州市海上搜救中心指令：洞头县鹿西乡鹿西村一名近6个月大的婴儿患有严重肺炎转而出现呼吸道堵塞，需送大医院急救。但随着第9号台风“苏拉”的逼近，岛上与外界的交通完全阻断。接报后，温州海事局执法支队立即组织9名执法人员分乘“海巡111”轮和“海巡1172”轮前往救助。经过2个多小时营救，孩子被及时送往医院，最终脱离了险情。

回访录之三：

林绍广：重塑生命的意义

中国交通报记者 王倩

1月初的珠海市三灶镇海澄村，虽是冬季，却温暖如春。

一个90多平方米宽敞的大房子，厅里挂着夫妻俩温馨的结婚照、墙上贴着乖巧女儿的涂鸦之作、楼下欢声笑语的“乐园”便是女儿明年就读的小学……这个温馨和美的家便是——4年前在船舶发动机爆炸事故中的幸存者生活的地方。

林绍广驾船出海。

谈起女儿，林绍广笑意盈盈。“女儿喜欢画画，经常画一家人在一起的场景，这是她最大的心愿。”他指着墙上的画说道。

35岁的林绍广浓眉大眼，看上去有些粗犷，但眼神却很温柔，聊起天慢条斯理，言语中透着一份经历过生死的淡定与从容。然而，在这份淡定从容背后，深埋心底的是4年前的一场“灾难”。

绝望中的等待

“当时，和另一位伙计就站在那里，你看我，我看你，谁都不说话。”

回忆起4年前的那个傍晚，林绍广心有余悸。

2011年11月，林绍广等3名渔民驾驶渔船去飞沙滩捕鱼，下午突然变天，雾很大，风力逐渐增强到六七级，林绍广和其他2名渔民赶紧收好网，准备返程。出乎意料的是，到了离岸边10海里左右的圆洲岛时，船上发动机突然爆炸，驾驶员当场被炸成重伤，血肉模糊，而此时天色已晚，周围漆黑一片，船舶失去动力，在浪高3米左右的海上漂着，随时有倾覆的危险。

看着朝夕相处、风雨同舟的朋友在眼前倒下去了，林绍广心里很难过。“刚开始，我们不知道有发动机碎片迸到他的内脏里，以为只是昏迷了。后来，我摸了一下他颈部的大动脉，才意识到他已经走了。”林绍广摇着头说，“当时，我和另一位伙计就站在那里，你看我，我看你，谁都不说话。”

然而，难过解决不了问题。林绍广想到了他年迈的父母、刚结婚的妻子和刚满一周岁的女儿，求生的欲望油然而生。于是一边判断风向和水流自救，一边打电话求救。

接到求救电话后，珠海市海上搜救中心立即协调派出边防船、渔政船和三灶渔民海上救助队前往救助，不到15分钟便赶到了现场。

后来，林绍广才知道，当时正赶上退潮，自救队的5个人是用双手将两艘救助艇从滩涂推到海面上的。由于天黑雾大，能见度只有100米左右，救助人员只能靠常年积累的经验到达出事地点。三灶渔民海上救助队队长曾张容回忆道：“那天七八级东风、浪高三四米，很考验驾驶员的技术，要迎着浪45°开船，拖船时如果操作不好，两艘船都会翻掉。”

在海上漂着真的不好受，随时面临生与死的考验。“被转移到救助艇后，我和一起获救的伙计又冷又饿，救助队的队友便把自己的大衣披在我们身上，给我们水喝。”林绍广说。

获救那一刻的心情，林绍广永远不会忘记。“看到前来救助的队伍时，我的心情真的不知怎么形容，那种劫后余生的复杂情感常人无法体会。大概是从谷底升到天上，在绝望中升起希望，在黑暗中看到光芒。”他闭紧双眼回忆道。

从死里逃生到救人于危难

“救助队给了我第二次生命，我愿意以同样的力量给予别人第二次生命。”

人们说，经历过生死的人，更懂得珍惜。

经历过这场浩劫后，林绍广变了，不但更加珍惜眼前平淡的日子，而且第一时间申请加入了三灶渔民海上救助队。他说：“因为是救助队给了我第二次生命，我愿意以同样的力量去帮助别人，给予别人第二次生命。”

怀着一种感恩的心态，林绍广凭着年轻勇敢和丰富的海上经验，迅速成为三灶渔民海上救助队的重要骨干，共参与救助了60余名遇险渔民，救助渔船20多艘，捞回遇难者遗体20多具。

2014年11月7日，海上风浪很大，载有13人的两艘蚝排船，从小青州返回三灶途中失去联系，家属报警求救。珠海市海上搜救中心接报后，立即协调海事、渔政、边防及三灶渔民海上救助队派船前往救助，林绍广和其他队员驾驶两艘救助船前往救助，经过半个多小时的搜寻，终于找到失踪的两艘蚝排船。

时值寒潮大风，海上风力七八级，浪高四五米，13名遇险船员情况危急。汹涌的海浪直接把蚝排船的螺旋桨打翻，一浪接着一浪盖过整个蚝排船，林绍广和他的队员利用浪与浪的间隙，经过一个多小时与风浪的艰苦搏斗，将蚝排船上的13名遇险渔民一个接一个，安全救到自己的救助艇上。

聊起救助任务的危险性，林绍广不禁后怕。由于蚝排船是平的，栏杆不高，船上渔民必须用力抓住驾驶舱的铁柱，安全系数很低，被困人员很容易被海浪卷走。他说：“救助艇如果把握不好方向，就有可能碰到蚝排船的钢构件上，拉人时需要很谨慎，如果太急，会碰坏救助艇导致进水。”

由于体验过漂在海上的那种绝望，林绍广更加想给予他们最及时最有效的援助。“一看到他们的神态和表情，我就联想到自己当时被救的心情，每个人家里都有亲人等着他，只想尽快把遇险人员救上来。”林绍广感慨道。

目前，林绍广每隔几天都会去三灶渔民海上救助队义务值班，定期参加驾船技能、搜救技术、急救技能、应急抢险等海上救生训练，随时准备救助海上遇险渔民。

而三灶渔民海上救助队由2007年最初成立时的5个人、两艘救助艇，发展为现在的83人、25艘救助艇。成立以来，三灶渔民海上救助队义务进行应急搜救、海上安全和渔民维稳工作，共救起渔民300余人，拖回船舶58艘，打捞遇难者遗体50多具。

救助队的发展，离不开政府的大力支持。广东省海上搜救中心每年从搜救奖励资金、搜救装备、人员培训等方面对志愿者队伍进行帮扶。而珠海市海上搜救中心则协助海上搜救志愿者队伍建章立制，解决其发展中的实际困难。

三灶渔民海上救助队参与海上搜救应急演练。

世界上没有比舍生相救更大的付出，没有比死里逃生更大的庆幸。从命悬一线、劫后余生到救人于危难，林绍广在感恩庆幸之余，明白了重生的真正含义。他以同样的力量救助他人，用感恩的心回报社会，重新开启属于自己的更有意义的生活。

□采访手记

遇见更好的自己

“用心，努力，经营我幸福的家。”这是林绍广QQ空间最近更新的状态。认识他之前，我便看到了一个有担当、懂得珍惜的林绍广。然而，他并不是天生如此，林绍广承认，与死神擦肩而过之后，他变了。

这几年，林绍广变得爱操心了。他白天上班，负责海上安全和施工作业的管理，傍晚经常出海捞贝壳到下半夜回家。“每天晚上回来，不管多晚，都会去父母那看上一眼，还要看女儿有没有出汗，需不需要盖被子，这样心里才踏实。”他说。

这几年，林绍广变得爱“管闲事”了。“以前我不会想太多，不是自己的事情不太爱管，现在看到渔船、运砂船在海面上，生怕它出什么事，会主动去问是否需要帮助。”他说，因为体会过在海上漂着的无助，多想有渔船经过，把自己救上去。平时不出海时，渔民如果有困难，他也会及时伸出援手。

这几年，林绍广变得更看重“平安”二字。“我每天会步行到年迈的父母家吃午饭，最怕父亲癫痫病发作。”他说，因为看到身边的人突然离世，愈发觉得生命很脆弱，要保护好自己和家人。“和顺满门添百福，平安二字值千金”，这是林绍广父母家门前贴着的对联，横批是“出入平安”。没错，出入平安便是这家人最大的心愿。

生活就像一面镜子，你如何对待生活，生活便会用同样的方式对待你。谨记“惠海泽航、人本至善”的搜救精神，林绍广用一颗感恩与回报的心去生活，生活便还给他一个更好的自己。

□事件回放

2011年11月，林绍广等3名渔民驾驶渔船出海捕鱼，期间船上发动机突然爆炸，当场把开船渔民炸成重伤，血肉模糊，林绍广及时打电话求救。接到求救电话后，珠海市海上搜救中心立即协调派出边防船、渔政船和渔民自救队前往救助，经过几小时紧急施救，终于将重伤渔民转移到边防船上并送回医院救治，其他遇险渔民和渔船由渔民自救队安全拖带回渔港。

回访录之四：

俞清瀚：触底人生待反弹

中国交通报记者 周献恩

走进浙江省象山县定塘镇宁波站村，整洁的乡村别墅便映入眼帘，村办公楼顶上的“浙江海运第一村”几个大字格外醒目。村民们靠海吃海，因海运致富，七成以上村民从事航运业，近八成家庭投资或参股航运业。

在这里，记者见到了刚刚下船回家的原500吨级货船“汉陆16”轮船东俞清瀚。中等个子，圆圆的脸，“80后”的俞清瀚说起话来慢条斯理。如今，他不做船老大而回到了船员老本行，在一艘2万吨级散货船上做二副。这次回家，是趁所供职的船靠温州码头卸货间隙，匆匆看望爱人和10岁的儿子。

“2014年那次事故后，我的船沉了，欠下了100多万元债务。老板当不成了，但做起事来却更踏实了。”俞清瀚淡淡地说。跌入人生的低谷，如今他的心愿就是努力工作，安心挣钱还债，再把事业一点点做起来。

愧疚难言

如果没有那次事故，俞清瀚也许还在做“汉陆16”轮的船东，可他也许还无法意识到自己以前走的路是多么冒进。

2014年6月19日中午，“汉陆16”轮像往常一样拉着钢材从北海港铁山港区出发。开航后发现风浪很大，正犹豫要不要抛锚避风时，却为时已晚。一个大浪打来，这艘500吨的小货船大幅左倾，虽然很快回正，但甲板上涌进大量海水，舱盖上的帆布也漂起来。这时，又一个大浪打过来，直接将船从右边打翻了。

“当时我和船长都在驾驶台，见此状况，脑子里一片空白。” 作为船东和船上的二副，俞清瀚本能地想保住自己的船，因为那是从亲戚朋友那里借钱买的船，是自己的命根子。

但一切都晚了。船很快沉没了，船上7人全部落水。幸运的是，俞清瀚挣扎着浮起来时，找到了一块木板。其他几名船员也各自找到可以栖身的漂浮物，随着大浪在海上一起一伏，惊恐万分。

“人齐了么？！人齐了么？！”

“还差两个人。”

“我的天！”听到这样的回答，俞清瀚几近绝望：搭进了自己全部身家买的船就这么沉了，而且还有两名船员生死不明。

就在他们绝望之际，北海海上搜救中心协调的货船“兴宁56”轮火速赶到现场，紧急释放救生艇，安全救起漂在海上的5人。

“真没想到那么快就有船来救我们了！”时隔一年多，俞清瀚谈起被救时的情景，仍不禁感叹。

“汉陆 16”轮 5 名获救船员。

“那么，如今你最记忆犹新的是什么？”记者问。

“两个人没了，对我的打击很大。如果都好好的，该有多好。”俞清瀚说，以前从没想过为了赚钱而伤害别人，为了赚钱在鬼门关里走一遭。两名船员因他而离开人世，他心里有种说不出的愧疚：“现在我都不敢给他们家属打电话，也不敢面对。”

让他内心愧疚的，还有家人和亲戚朋友。

之所以投资这艘货船，是看到村里很多人都在搞船舶投资，于是2012年原本做船员的他决定创业，向亲戚朋友借钱买了“汉陆16”轮来经营。随后，航运市场不景气，加之自己对业务、市场不熟，这艘货船的经营状况一直不好。发生那次事故后，创业梦彻底破灭。

“也曾埋怨过。但只要人在就还有希望。我们要一起挣钱把债还掉。”出事后，妻子默默地和他承担起养家、还债的重任。没有固定工作的她，只好在家周边打打零工。

“家人越是体谅，自己心里越是愧疚。”俞清瀚说，对于借钱给他的亲戚朋友，如今也暂时无力回报。

2名潜水员下潜探摸困在船舱的船员。

心怀感恩

“真的没想到。感谢！感恩！”谈起那次事故，俞清瀚诚恳地向记者表示。

那次事故中，俞清瀚没想到的是，连他一起的5名船员很快就获救；没想到为搜寻困在船舱里的两名船员，政府花了那么大代价；更没想到的是，搜救人员还帮他安抚了遇难者家属，尽管家属的言语很难听，行为有些过激。沉船事故保险公司赔付了七成损失，但还是让他背上了巨额债务。

自己的船没了，俞清瀚的心也沉静下来。

“一年多来我一直在反思事故原因，是技术上的问题，还是自己心态上的问题？”俞清瀚坦言，经过一年多的沉思，他清晰地认识到：是自己心态上的急功近利导致了那次变故，陷入了人生低谷。当时看到别人搞投资，自己眼热急着当老板，也没掂量自己能力够不够。加上航运市场不景气，对船舶维护保养投入不够，自己对航运业务也不太熟，抱着侥幸心理运营，最终酿成大祸。如果早点收手该有多好！

“经历了那件事后，觉得人不能太急功近利。如果凡事图快、心怀侥幸，就很容易出问题。”俞清瀚说，之所以再次做船员，除了挣钱还债外，总觉得“在哪里跌倒就在哪里爬起来”。如今浮躁的心平静了，工作起来踏实多了。以前做船员时，总觉得老板这里不好，那里不好。如今他做船员，总喜欢跟同事说，“别太挑剔老板，要更加注重安全细节”“行船七分险”“表面上看应该没问题，可万一呢”“一次不安全，就会导致严重的后果”。

至于今后的打算，他说正在准备大副证书的考试，几年后再考船长证书。他要这样稳打稳扎，打理好家庭，还清债务，重新追寻自己的梦想。

□采访手记

做人做事脚踏实地

“没想到”，是俞清瀚在采访中说得最多的词。

在茫然、绝望中，他没想到那么快就获救，没想到善后处理得那么圆满。

其实，他“没想到”的还有很多。在“汉陆16”轮出港时，VTS值班人员早就给予了密切关注，当发现船舶航速异常后，立即通过VHF呼叫，得知即将沉没后，迅速启动搜救应急预案，协调各方力量展开搜救。7人的生死，牵动着各方的心。搜救过程中，广西海上搜救中心、广西海事局、北海市委市政府各级领导高度重视，要求北海海上搜救中心全力搜救，确保群众的生命财产安全。在5人获救、2名船员的遗体找到后，认真做好事故调查和沉船打捞工作，并派出了擅长处理群众关系的人员做好遇难船员家属安抚工作，最终妥善做好了善后处置。

从船员到船东，一次事故后再次当船员，俞清瀚经历了人生的峰谷。多方力量展开救助，不仅救起了俞清瀚等人，也挽救了他们的家庭，更让俞清瀚重生之后懂得：不能冒进，脚踏实地才是做事之道，也是做人之道。

这是重生之后给予俞清瀚的生活启迪，也正是“惠海泽航、人本至善”的海上搜救核心价值观所期待的结果：以人为本，全力以赴，为了拯救海难中更多的人和他们背后的家庭。

□事件回放

2014年6月19日13时25分，浙江象山籍货船“汉陆16”轮从北海铁山港出港时，在铁山港航道3号浮标东侧约100米处沉没，船上7名船员遇险。

接到求助信息后，北海海上搜救中心立即通过VHF协调“兴宁56”轮等7艘船舶前往救助。经多方努力，在接到求助电话1个小时内就将落水的5名船员成功救起。

针对2名失踪人员，北海海上搜救中心还协调派出6名专业潜水员赴现场，对沉船进行2次探摸，最终找到2名失踪船员的遗体。随后，又组织力量对沉船进行了打捞。

回访录之五：

圆圆：幸福值得倍加珍惜

中国交通报记者 任晶惠

“走，上幼儿园去！”3月23日，河南省商丘市虞城县站集乡菜园村一处院落里，走出了手牵手的母子俩。24岁的妈妈名叫圆圆，她大眼睛、双眼皮，每次说话之前，那张秀丽的瓜子脸洋溢着幸福灿烂的笑容，美丽动人！

圆圆一家给商丘市水上义务救援队送上一面锦旗。

幸福的笑脸，是圆圆给我最深刻的印象。这位年轻妈妈说，经历过生死，她才明白来之不易的平淡幸福更值得倍加珍惜！

没有恩人，哪有今天的幸福生活。

2011年3月21日，圆圆因意外不慎落水。

“刚掉进去时特别害怕，手越扒水，身体越往水里陷，脚下啥也踩不着，后来就什么都不知道了……”回忆当时落水的情景，圆圆仍然心有余悸。

圆圆母亲袁爱荣得到消息赶到医院时，圆圆已经苏醒。

“救命恩人看圆圆已脱离危险，悄悄离开了，连垫付的医疗费都没收。”袁爱荣说，她们打听了十来天，才知道恩人的名字叫苏新建，是商丘市水上义务救援队的一名队员。

在袁爱荣的手机里，苏新建的号码上标注的是“恩人”二字，而不是他的名字。袁爱荣说，苏新建是他们全家的恩人。

救圆圆的那一年苏新建已经54岁，作为下岗工人的他自谋职业在一个小区做保安。当天，他下夜班后，又带着外孙去看了病，在回家的路上，发现有人落入商丘古城北门湾城门路西护城河中。当时落水者已经没有力气呼救，正在迅速下沉。

危急之中，苏新建来不及脱衣服就跳入水中。“水很冷，圆圆离岸边很远，又穿着棉衣，很沉，我费了很大劲才把她拖到岸边，推上岸。”苏新建说。“后来家里人想表示谢意，但酬金、礼品，苏伯伯一样都不收。”对于圆圆来说，苏新建就像是亲伯伯。她说："如果没有苏伯伯，就没有我现在的生活，更没有我的小宝贝。"

苏新建参加水上救援训练。

现在的圆圆在集市上卖烧烤，很多乡亲愿意光顾她的烧烤摊。大家都喜欢热情开朗大方的圆圆。

"每次来，她脸上都带着笑，很热情地打招呼，碰到1元、2元的零头，她总是主动抹掉，从不计较。"一位客人这样评价圆圆。

"圆圆这份豁达也是跟恩人学的，在力所能及的情况下，倾情帮助身边需要帮助的人。"袁爱荣说。

一句承诺　八年坚守

在圆圆看来，“不计得失”是苏新建的最大特点。

而这也是商丘市水上义务救援队所有队员的共同特点。救援队有80多名像苏新建一样的队员，他们是来自商丘各行各业的游泳爱好者。

作为救援队队员，他们要24小时保持手机畅通，随时准备接受河南省商丘市地方海事局和110指挥中心的信息以及群众的求助，一次次奔向溺水事故的现场。只要有险情，不管是跃入水中抢救落水者的生命，还是钻进水底搜寻溺水者的遗体，不管是冰冷的河水，还是冒着白泡的臭水沟，他们都义无反顾。

救援中，危险无处不在，水下锋利的玻璃、坚硬的石块、缠绕的水草……都会对生命构成巨大威胁。

“我们是民间组织，救援可能导致的所有后果都要自己承担。”义务救援队发起人、队长，河南省路桥建设集体有限公司职工黄伟，在2008年组建救援队时这样倡议。

于是，每一个入队的队员及其家属都签下了郑重的承诺：“义务救援、不收钱物、出现意外、后果自负”。

八年来，恪守着最初的承诺，80多名队员，足迹遍布河南、山东、安徽所属的多个地市，参与义务救援396次，挽救了56条生命，打捞出溺水者遗体280具，打捞群众财产价值700多万元。

从一次次的救援经历中，救援队员发现，溺水死亡的大多是少年儿童。为了给孩子们普及水上安全知识，救援队联合商丘市地方海事局一起走进学校、走上讲台，用救援队所经历的一个个鲜活的事例，开展安全警示教育。八年来，他们先后到215所学校宣讲，受教育学生达60多万人。

商丘市水上义务救援队队员。

□采访手记

坚守更见真情

寻找被商丘市水上义务救援队救起的生还者，颇费周折。因为每次完成救援，队员们都会选择悄悄离开。8年救起的56人中，有联系方式的寥寥无几。

“即便有获救者的联系方式，我们也不想提供。因为获救者中有很多是轻生者，我们不能去揭那块伤疤，打扰他们的平静生活。”队长黄伟说出的正是救援队所有队员的朴素想法：他们出生入死，向危难者伸出援手，与金钱无关，与锦旗无关，与那声“谢谢”亦无关，唯一的希望是，获救者能珍爱生命、快乐幸福。此次能够如愿采访到圆圆，是因为她在获知“重生”栏目后，主动想诉说自己的感恩、感激和感动。

没有豪言壮语，没有激情满怀，却更深地被感动。

黄伟萌生组建义务救援队的想法，是在他亲眼目睹溺水事故和有人挟尸要价之后，他的初衷很简单：不能让溺水者的家人在痛失亲人之后，再一次心头滴血。

如今，这支义务救援队已经成立8年，由最初的13人，发展到80多人。越来越多的人签下“义务救援、不收钱物、出现意外、后果自负”的承诺书，成为义务救援队的队员。中国海上搜救中心、河南省地方海事局也对义务救援队进行了扶持，配备了必要的搜救器材，给予了一定的专项资金奖励。

“我们身边不缺少好人，如果能有一个平台，有一个良好的氛围，就肯定会有更多的人来做好人、做好事。”黄伟说，善行没有终点。

初衷基于道义，坚守更见真情。

□事件回放

2011年3月21日，河南省商丘市虞城县，19岁女孩圆圆不慎落入县城外护城河里。当时河水冰冷，圆圆不会游泳，拼命挣扎，却离岸边越来越远，身上浸湿的棉衣拖着她迅速下沉。商丘市水上义务救援队队员苏新建发现后，来不及脱衣服就跳入水中，奋力将圆圆救起。

回访录之六：

于家强：第二次生命不能虚度

中国交通报记者 任晶惠

3月28日清晨5时，蓬莱市刘口镇栾家口村。这个坐落在黄海边的小村庄，被早春时节湿冷的空气包裹着，仍在一片漆黑中沉睡。在周围黑暗的映衬下，于家强家的灯光显得越发明亮。此时，这位62岁的老渔民已经开始收拾行头，粗糙的大手灵活地扣上黑色棉袄的最后一个纽扣，走出家门，准备出海捕鱼。

经历了2013年的遇险与获救，于家强更明白出海的危险，也更懂得生命的意义。他说，是政府和救助飞行队给了他第二次生命，他要努力工作，好好活着，不能虚度生命。

救助飞行队是我国海上搜救的专业队伍之一，与专业救助船、政府公务船、社会救助力量一起构筑了海上安全的最后一道防线，为促进经济社会发展和维护人命财产安全发挥了重要作用。

那个日子终生难忘

“现在正是捕爬虾的时候，但是今年气候不好，每天捞上来的虾很少，还不够出海的本钱。”于家强一边整理渔网，一边说。尽管每天收获多少，和于家强的收入没有直接关系，但这并不影响他的捕虾热情。他说：“希望今天能有个好收成”。

“我这条命是政府和救助飞行队给的，一定要好好活着，不然对不起他们。”每每回想起飞机把他从大海里救上来的情景，于家强就在心里这样对自己说。

北海第一救助飞行队救生员正在海中救助于家强。

回忆起那次遇险，于家强声音有些干涩：“那天收获挺好，大家都很高兴，驾着船往回走。离码头只有十多海里时，突然起了大风，一个又一个大浪打过来，小渔船摇晃得特别厉害，没几下就被掀翻了。掉到海里后，我紧紧抱住了一个小木箱子，只有头能勉强露出水面，呼吸非常困难，周边都是水，什么也看不到。心想，这下没救了，一家老小还指望着我呢！当时真是叫天天不应，叫地地不灵啊！”

“还记得遇险是哪天吗？”记者问。

“2013年9月16日。”没等于家强回答，坐在一旁的老伴就报出了具体日期。于家强呵呵笑起来：“她连最宝贝孙子的生日都记不住，对这个日子却记得这么清楚！”

每天能回家就很满足

为了生活，现在于家强几乎每天都要出海捕鱼，非常辛苦。可他却很满足：“每天都能回家，看着5岁的孙子越长越高，心里挺美。”

夕阳的光照在窗户上，结束了一天的劳作，于家强坐在家中看妻子在灶间忙碌晚饭，微笑不知不觉爬上了满是皱纹的脸。

是3年前那个濒临死亡的日子让于家强更加珍惜今天的生活。

“当时水都淹到这了。”于家强用手放在下巴上比画着：“我呛了好几口水，手紧紧抓住木箱。看到救助直升机在天上盘旋时，我都不敢相信，飞机是为救我而来。直到有个人从飞机上被吊下来，游向我，给我套上绳索，把我拉上飞机，我还在恍惚中。”

“像那样的大风，如果在以前，我的命早就丢了；而现在，国家有救助直升机来救我们，并且分文不收……”说到这里，于家强把粗糙的手罩在眼睛上，喉结不住地颤动。他说，被救后，他再也没见过救助飞行队的人，但是对他们的感激却永远铭记在心间。

像于家强这样，将感激铭记于心间的人还有很多。

于家强和另外一名遇险渔民全部被救上专业救助直升机。

目前，交通运输部北海第一救助飞行队已安全飞行18483架次，飞行总时间12503小时，在极其危急困难的条件下救助出动1734架次，执行救助任务967起，从生死线上挽救了1512

名遇险人员的生命。

□采访手记

搜救的意义

联系上于家强并不容易，数次拨打他的手机，都无人接听。后来才知道，凡是陌生的电话号码，他都不接。他解释说，不想浪费钱在电话费上。

这位朴实的渔民生活过得并不轻松。他说，因为妻子多病，全家人的生计都靠他出海捕鱼的收入维持。能够获得第二次生命，他很感谢政府。他说，是政府安排救助飞行队救了他的命，也救了全家人的命。

于家强对政府的拥护和爱戴，没有铿锵有力的誓言，没有华丽的辞藻，但却说出了海上搜救的题中要义——生命绝不会被轻易放弃。

“惠海泽航、人本至善”是中国海上搜救的文化理念。作为国家海上搜救部际联席会议和国家重大海上溢油应急处置部际联席会议的办事机构，中国海上搜救中心紧紧围绕国家改革发展大局，积极发挥两个部际联席会议的重要作用，有效协调各方力量，开展人命、环境、财产救助，妥善处置重特大海上突发事件，最大限度地减少海上突发事件造成的人员伤亡、水域污染和财产损失。“十二五”期间，全国共处置海上突发事件10097起，救起海上遇险者84234人，获救船舶7653艘，平均每天救起47人，为国家“海洋强国”战略和“海上丝绸之路”建设提供了可靠的海上应急保障。向他们致敬！

□事件回放

2013年9月16日下午，山东省蓬莱市附近海域突起大风，一条小渔船翻沉，2名渔民遇险。事件发生后，山东省海上搜救中心全力组织人员搜救，北海第一救助飞行队派出专业救助直升机B-7309前往事发海域搜救遇险渔民。

经过紧张搜寻，B-7309机组人员发现1名幸存者趴在一个倒扣的箱子上。飞行员不断调整直升机飞行高度，靠近遇险渔民上空，救生员顺索而下，准确落到遇险者身边，成功施救。

安顿好第1名幸存者后，机组人员再次展开搜救行动，很快又发现了另1名幸存渔民。救生员再次顺索而下，为他套上救援套，绞车手迅速将2人吊进机舱。两名遇险渔民全部获救。

回访录之七：

司宏强：多陪家人是最大的福气

中国交通报通讯员 金佳 苗德兰

上午10点，海天交接处乌云黑压压的，偶尔传来闷雷声，快要下雨了。码头边上，一身深色打扮的司宏强正在靠泊货船，他手法娴熟地拉紧最后一根缆绳后，又下意识地增加了一根。“海事播发了暴雨二级安全预警，所以靠岸时特意加固了头缆。”他说。

司宏强个头儿不高，身材清瘦，皮肤是跑船人常有的黝黑，天生自来卷的头发簇成一团紧紧地贴在头皮上。他就是2016年3月8日安徽省安庆市望江县东流直水道娘娘庙水域附近货船翻覆事故的主人公。“想想当天晚上的事故，还是后怕啊。”司宏强语气平缓，没有过多的情绪表露，“不过，我也算因祸得福了。”

福气就是家在亲人在

福气，来自哪里？司宏强说，因为那次事故，他明白了家人才是他人生中最大的财富，“有生之年能多陪陪他们，是我最大的福气”。

在司宏强看来，发生在2016年3月8日夜间的事情仿佛遥远得像上辈子，又仿佛近在咫尺，闲下来的时候，他会不经意地想起那个濒临死亡、内心喧嚣恐惧的夜……“那天晚上的风特别大，豆大的雨点，像是从天上倒下来。”司宏强缓缓地说，那场风雨正是“梦魇”的开端。“太可怕了，船差不多完全倒扣，水快速往里灌，舱里面的空气越来越少。我以为自己就会这么死了。”

救援人员切割船体，准备救人。

在被困的近两个半小时里，司宏强想了很多。“最愧对的就是家人了。”他边说边点了根烟，“儿子从小就丢在家里由父母照看，算留守儿童吧。前些年跑船生意好的时候，我们几乎整天在‘江上漂’，过年了才把儿子接到船上来玩几天。读完初中他就不想读了，我们也没管他，现在20岁出头了，在一个厂子里打工，当时他要多读点书兴许会好一些。”司宏强狠狠吸了口烟，顿了顿接着说：“以前，总想多装几趟货，多赚一点钱，也没时间回家照看父母，2005年，老母亲摔断腿，我们只是汇了一万块钱回家，也没回去照顾……”说话间，司宏强深深埋下了头。

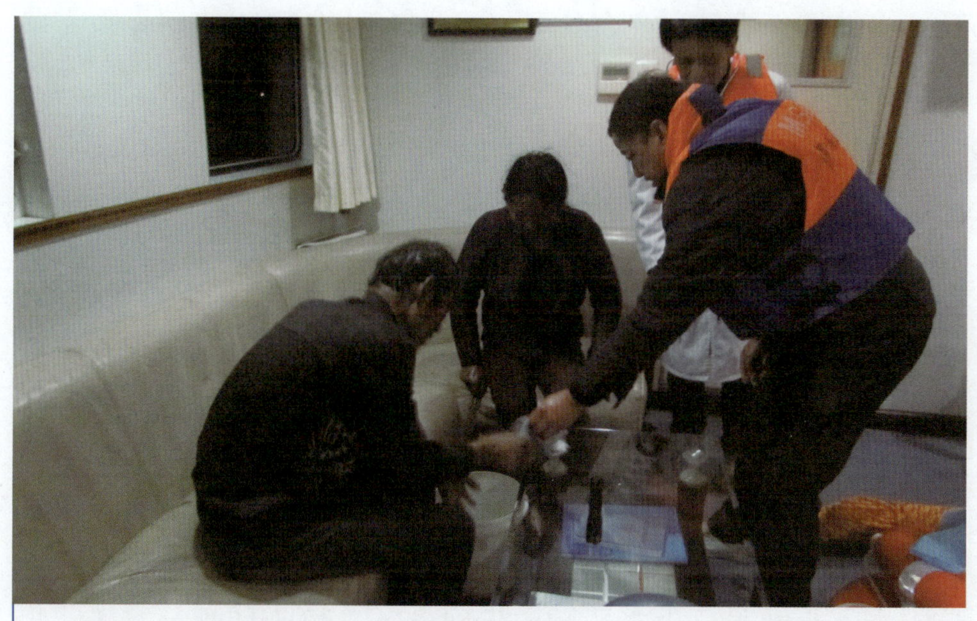

获救后的司宏强和妻子在海巡船上休息。

经历了“死里逃生”，司宏强对人生有了更透彻的看法，“所谓人生的‘福气’就是我在、家在、亲人在。”司宏强望着远处，慢慢说道。沉船被救之后，司宏强第一次回老家，远远地看见老母亲在院子里扫地，花白的头发微驼着背，心里陡然五味杂陈。他给父亲买了一副象棋，陪父亲下棋这项“慢活儿”，搁以前，司宏强是不可能完成的。“没有时间，也没有这份精力。”司宏强说。现在他会和老父亲各自泡上一杯茶，慢慢享受一下午的悠闲时光。“晚上，我们爷俩再弄点白酒喝两口，聊聊家常。”前几天，他又给老父亲买了一个收音机，让他没事听听家乡的戏曲消遣。“以前回家总是紧赶慢赶，给父母一点钱就匆匆上船了，现在我会想想他们真正需要什么。”

千金难买平安福

第二个福气，是司宏强明白安全比啥都重要！

从被救至今的两个月里，司宏强和妻子跑船，遇到有风有雨的天气变得格外小心。“我再也不想经历那种死里逃生的过程了。啥才能保证‘我在、家在、亲人在’？安全！”他说。

“有时想多挣钱，会超载。每次驾船通过横驶区水域时，总耐不下心来等待下水船舶，提前划江，抢头横越是常事，也常跟别的船舶发生摩擦和口角，不懂得忍让。”司宏强有点不好意思，“可是经历过那次事故之后，我明白了，如果没有了家、没有了我，这些冒险赚回的钱还有什么意义呢？现在的我，是个守规矩的好船员了！”跑船是为了家人过上更好的生活，而前提是每次出船都能安全回来。“真的，安全是一切的前提，现在我可以拍着胸脯说，绝对不会超载，绝对不会躲避水上检查，我绝对遵守航行规则！”司宏强感慨地说。

随着行船安全意识的提高，司宏强的“暴脾气”也柔和不少。他的爱人说，老司的性格变得比以前温和了许多，夫妻俩的感情更深了。以前夫妻俩总喜欢为鸡毛蒜皮的小事互相埋怨，现在，虽然翻船事故之后损失了近20万元，又背上10万元贷款，但就算这样，遇到装不上货、生意不好的时候，夫妻俩也不像以前那样斗嘴了。

“慢慢奋斗，总会好的，再说了，千金难买平安福。”司宏强释然地说。“你看她穿的这件衣服，是我新买的。她总觉得跑船的活儿脏，新衣服穿了浪费，这么多年脑袋转不过来的‘弯儿’算是被我说通了。”指着老婆，看着她身上的新衣服，他开心地笑着。

摸着手上常年跑船磨出的茧子，从七八岁就开始在船上摸爬滚打，几十年，风吹日晒，一生辛劳。生活的馈赠究竟在哪儿？曾经，司宏强的心里满是谜题。如今，都已有了明确的答案。

□采访手记

他们的善举让我钦佩

结束采访时，司宏强说：“帮我多写写救我的人，感谢他们，可以吗？”我笑了笑，我理解他这朴实的话，无关奉承，无关敷衍，只是因为感恩。司宏强的爱人常说，老司是家里的“顶梁柱”，如果不是安庆长江水上搜救中心的及时营救，这个“顶梁柱”就倒了，家也就毁了。采访中，我感受得到司宏强发自内心的感激之情，对他们夫妻而言，水上搜救人员是让他们获得重生的恩人。

“水能载舟，亦能覆舟”。水、船，是很多像司宏强这样以船为生的人们的经济来源，但天有不测风云，恶劣天气常常会给他们带来致命的危险。在危急时刻，前去救援的人就是保护他们生命安全的英雄、勇士。在采访中，我有机会了解到水上搜救人员面对的危险。每次救援都是一场没有硝烟的战斗，危险的不仅仅是遇险船舶和被困船员，还有在狂风暴雨中驰骋救援的人们。正是秉承“惠海泽航、人本至善”的海上搜救核心价值观，以及以人为本、全力以赴拯救海难中更多的人和他们背后的家庭的理念，即使面对再艰难的营救、再危急的时刻，水上搜救人员都会义无反顾地第一时间冲到第一线。望着司宏强夫妻俩的盈盈笑脸，我不禁对水上搜救人员的仁心善举充满了钦佩。向这些可敬可爱的人致敬！

□事件回放

2016年3月8日夜间，安徽省安庆市望江县东流直水道娘娘庙水域附近，司宏强夫妇驾驶的“江海018”货船翻覆，夫妻2人被困船舱。接到报警电话后，安庆长江水上搜救中心立即派艇前往事发水域进行救助，协调地方派出消防武警、医疗人员增援，同时联系船厂调集切割设备和技术人员赶往现场。

经过仔细勘察，再三权衡利弊后，搜救人员决定采取船体切割的方式进行救援。施救人员首先割开一个小型的开口，以便空气流通、与被困船员沟通交流。经过10多分钟的紧张操作，被困水里2个多小时的司宏强夫妇终于转危为安。

回访录之八：

欧涵：不负二次生命　做中德交流使者

中国交通报通讯员　汤旭东

五月的青岛，红瓦绿树，碧海蓝天，漫步海边，十分惬意。在这个城市最美的时刻，笔者见到了欧涵（德文名Harm Oltmann）——一个喜欢中国文化、能说一口流利中文的德国人，听他讲述了自己在中国最为难忘的一段经历。

“海巡11”轮船员正在救助“中信银行”号帆船6名遇险人员。

作为一名帆船运动爱好者，欧涵6年前在青岛参加个人帆船赛时，曾因船体失控随风漂流近20个小时，最终被山东省海上搜救中心协调的救援力量成功救起。“是中国海上搜救人员给了我第二次生命，让我有余生可以做更多的事，增进中德的友谊和文化交流。”欧涵说。

获救照片挂在德国家里

虽然过去了近6年时间，但回忆起当时遇险的情景，欧涵仍然记忆犹新，甚至清楚地记得一些细节。

“当时海上突发大风，帆船又失去了动力，我们只能随风随流越漂越远，而且那天的浪很高，又是晚上，中间还穿过了一片礁石区，雷达也坏了，手机没有信号，情况很糟。”一边回忆，欧涵一边说，当时船上有几个人状态已经很不好，他也一直徘徊在绝望的边缘。“但是一有不好的想法，就赶紧把自己拉回来，不让自己往那个方向深想”，内心强大的欧涵，尽量在船上多做些工作来转移注意力，努力保持着求生的希望。

“你知不知道，当时山东省海上搜救中心已经协调了20多艘船来寻找你们？”笔者问道。

“知道，后来知道的，还有直升机也来了。”欧涵说，当时最惊讶的就是看到“海巡11”轮的时候。“看到远方一个白点越来越近、越来越近，就在眼前的时候，真是惊呆了，哇！

竟然派了这么大一艘船来救我们！”惊讶的同时，欧涵其实当时还有一个担心：派过来这么大一艘船要付多少钱呀？！因为据他了解，在有些国家，这种救助是要收费的。被救后，他还向“海巡11”轮的船长咨询了此事。当得知不用付费后，欧涵非常感激，也为中国政府及时提供的人道主义援助发自肺腑感谢。不仅如此，船上还为他们准备了热水、咖啡、毛毯，更让他们由衷感动的是，船上竟然为他们准备了西餐！

获救人员激动地向原“海巡11”轮船长吴绍军竖起大拇指。

“这是我获得的‘第二次生命’。”欧涵告诉笔者，在德国的父母家里，至今还挂着自己获救后从“海巡11”轮舷梯上走下来时的照片。“这是我毕生难忘的经历，值得好好珍藏，也让我更加珍惜当下。”他感慨地说。

用遇险经历警醒他人

曾经的遇险并没有让欧涵丧失对帆船及航海的热情。如今，他还会参加青岛奥帆中心举办的一些帆船活动，也经常作为志愿者或者帆船爱好者参加在奥帆中心举办的培训、交流等活动，包括帮助孩子们了解帆船和如何从事帆船运动，给他们提供技术指导和安全建议。

在欧涵看来，反思那次遇险，有很多教训可以用来警醒他人，比如缺乏必要的航前检查。他告诉笔者，当时船上的GPS就是坏的，根本没法用，如果开航前打开试一下，发现问题及时维修就可以避免这种状况。另外，开航前缺乏必要的安全培训或者提醒。“后来德国驻华大使馆的人员找我谈过，如果当时人没有安全救回来，真的很担心自己这个‘船长’要受到指控和承担法律责任。”欧涵一遍遍地说，希望他们的遭遇能对从事帆船运动的人产生警醒，一定要提高安全意识，避免再次发生这种危险的事情，希望中国的帆船运动能够安全、健康地发展。

致力于中德文化交流

自从20世纪80年代作为交流生来过中国之后，欧涵就喜欢上了中国文化，特别是中文。现在他一直致力于加强中国与德国的文化交流工作。

他介绍说，在青岛，有很多德式建筑，距今都有百年甚至更长的历史。“我们就是想通过做些工作能让这些建筑得到修复并能够发挥应有的作用。”这是他参与成立相关基金会和从事中德文化交流工作的重要载体。在欧涵的努力和促动下，该基金会先后完成了青岛天主教堂和“总督府”等德式建筑的修复工作，还联系德国的相关企业派人来中国完成了几个教堂的老式大型管风琴的修复工作，并将青岛、武汉等一些城市的德式建筑改建成了博物馆、展览馆等。“想想，还不错。”欧涵欣慰地笑着说。

与此同时，欧涵还从事着因气候变暖导致西藏冰川融化将会给当地饮用水源带来影响的研究与预防项目以及内蒙地区防止沙漠化、建设防护林等项目的工作。为此他去了西藏、内蒙古、青海等地。“青藏高原的天真的很蓝，空气也很好，好似人间天堂。”欧涵带着陶醉的表情说。

□采访手记

生命至上

出于对外国友人生活习惯的尊重，我本想把这次交谈的地点约在咖啡厅，但欧涵却提出去五四广场旁边的奥帆中心。我了解他的想法，因为那里是他当时驾驶“中信银行”号出海的地方，那里有他最深的记忆。

经过了这次“重生”，欧涵有过许多反思，也对中国帆船运动的发展提出了很多好的建议。比如，可以借鉴德国做法，在出海前签署一份类似“备忘录”或者“责任书”的文件，明确安全提醒事项，注明开航和返回的时间；帆船俱乐部也要加强对会员的技能和安全知识培训等。

当了解到中国海上搜救所倡导的“惠海泽航、人本至善”的文化理念时，欧涵不禁连连点头，表示认同。正如他所感受到的那样，这种文化理念之所以能在中国及世界范围传播并取得价值认同，是因为它的核心体现着以人为本，生命至上，而对生命的尊重与敬畏恰恰可以跨越国界、地域和种族。

□事件回放

2010年11月21日，一艘“飞虎”级机帆船“中信银行”号在参加个人帆船爱好者帆船赛时，因失控随风漂流，失去联系。帆船上共有6人，分别来自中国、德国、法国、美国、英国、澳大利亚6个不同国家。山东省海上搜救中心接警后，协调20余艘船舶，经过近20个小时的紧张搜救，将遇险人员全部救回，并将故障帆船成功拖回。

回访录之九：

邹陈浩：救助是无悔的选择

中国交通报记者 姜秋华　实习记者 赵宇　通讯员 刘占强

7月13日8时许，由今年第1号台风“尼伯特”带来的风雨终于过去了，东海救助局宁波基地雨过天晴，空气清新。正在巡航值守的“东海救201”轮迎着朝霞，缓缓地靠上码头。查看油位水位仪表、接岸电、带揽……该轮轮机部机工邹陈浩有条不紊地忙碌着。见到记者，他主动握手而又快速地收缩回

邹陈浩在“东海救201”轮机舱工作。

去，不好意思地说："刚洗完手，还没干。"

1981年出生的邹陈浩是舟山人，中等身材，瘦削精干，讲起话来温柔腼腆，笑起来阳光灿烂。如今，他从事海上搜救工作已经10年了，他认为救助他人是这生最有意义的事，还会一直坚持下去。之所以这么坚定地选择了未来人生之路，是由于10年前那场让他九死一生的大寒潮。

奋力一跳　换来二次生命

时间追溯至2005年12月4日，那是邹陈浩最刻骨铭心的一天。

当天，邹陈浩在一艘名为"振乐57"轮的商船上做机工，该轮从青岛驶往泰州的途中遭遇大寒潮。邹陈浩回忆说，当时风浪很大，海面风力10～11级，浪高6～7米，船舶摇晃厉害，岌岌可危。

大概11时左右，他们发出求救信号。接到搜救指令后，东海第一救助飞行队第一时间赶到现场救走了4个人。第二次来的时候，一个老人和背着重要公文包的人先上了飞机，邹陈浩觉得自己年轻，主动排到最后。

随后赶来救援的"东海救131"轮建议船长弃船，可随船的船东代表不同意，只允许9名船员先离开，强令留船船员驾船驶往40海里外的长江口浅滩，因为冲上浅滩就能保住船。

“东海救131”轮贴身护航，风浪很大，邹陈浩觉得越来越不对劲。他给妹妹打电话说：“哥哥这次可能回不来了，你别跟爸妈说。”说到伤心处，邹陈浩的眼圈发红，声音开始哽咽。

很快，一个大浪打过来，“振乐57”轮开始倾斜。“旁边机工长一直喊叫我家还有两个小孩怎么办。”眼见船要倾覆。这时在旁护航的“东海救131”轮设法靠近。邹陈浩鼓起勇气，看准时机，冒着失去生命的危险，奋力从10米高的船尾猛地跳到一路伴航的“东海救131”轮后甲板上，“我感到背后疼痛难忍，但我知道我活下来了。”这时他再回头看时，“振乐57”轮船尾突然翘起20多米高，带着未及时弃船的5名船员

“东海救 131”轮在长江口救助“振乐 57”轮遇险人员。

直接扎进了大海……

“多谢东海救助局，给了我第二次生命。”九死一生后的邹陈浩说，生命是最宝贵的。

感恩救助　回报社会

回到家乡后，邹陈浩休养了三四个月，晚上常做噩梦，似乎又回到“振乐57”轮上，当时全家都不敢再提出海的事了。他一直在思考，东海救助局给了自己第二次生命，他该怎么去实现人生价值呢？

2006年，邹陈浩的同乡、“东海救131”轮船员徐凯来看望他，说起东海救助局正在招聘救助船员，建议他去试试。邹陈浩很犹豫，觉得应该回馈社会，但又对再次出海充满恐惧。就在他纠结的那几天，村里又出事了，一户渔民出海时遭遇不测。看到遇难渔民家人伤心的样子，邹陈浩又想起了5名同伴葬身大海的场景。“生命是最宝贵的。我要用我的二次生命，回报社会，救助他人。”下定决心后，他开始劝说父母。“我说海上搜救是很神圣、很光荣的职业。现在国家投入了那么多钱，设备又那么先进，安全肯定是有保障的。我就是被他们救的，我也想参加搜救队伍，去救更多的人。”说服父母后，2006年年底，邹陈浩加入了东海救助局，成为国家海上搜救专业队伍中的一员。

上船后，邹陈浩积极参加救助训练，学习搜救知识，期盼着救助他人，而当他真的第一次在风雨飘摇中赶去现场救助时，那些曾经的恐怖画面却又浮现在脑海。从不晕船的他，竟然晕船了。但他还是咬牙坚持、坚持、再坚持，在身心俱疲的同时，完成了从被救者到施救者的转变。

特殊的经历让他在救助时多了一份特殊的勇气。一次，他刚值完班准备休息时，听到船上广播有救助任务，他迅速冲到船头进行瞭望。当时一艘渔船沉没，有五六个渔民遇险。其中，一个遇险渔民和他年龄相仿，对生命充满了渴望。他抛出救生圈后，不禁又想到了自己遇险时的情景，增强了施救成功的信念。把遇险渔民救到船上后，他赶紧安慰和开导渔民，使其快速地走出心理阴影，他还鼓励被救渔民，要珍惜生命，学会感恩，回报社会。

“以前自己跑船是被救者，现在变成了施救者，在海上守护他们的平安，心里特别有成就感。”邹陈浩自豪地说，他会一直坚持下去，用一生去回报社会。

珍惜生命　幸福生活

如果不是10年前那场“灾难”，现在的邹陈浩还在追求他的致富梦。只有经历过劫后余生，才知道生活的真谛是什么！邹陈浩觉得，人生就是要珍惜生命，幸福生活。

初中毕业后，邹陈浩和父亲一起开渔船，向大海“讨生活”。后来学了大半年轮机维修，在2004年年底正式成为海员，开始跑船。“家里条件差，妹妹上学又要钱，当时就想多干活、多赚钱。”邹陈浩动情地说，“如果当时我没了，就没办法回报父母养育之恩了。赚再多的钱，在那一刻都失去了意义。”他不敢想象，如果失去了他，父母和家庭会变成什么样。

现在的邹陈浩，想的不是赚多少钱，而是花时间陪家人。除了值班和救助，剩余时间他都用来陪伴家人。如今，他已在宁波买房安家，虽然每月还贷压力很大，但是温馨幸福的家庭生活让他觉得生活充满了阳光。他的儿子今年7岁了，儿子是他的牵挂，每次见到儿子，他总是开心地张开双臂，一把将他抱到怀里，转上几圈，那时不再有任何烦恼。去年年底，儿子的老师请他去当助教，讲海上必备的避险知识，他们非常高兴。

由于聚少离多，邹陈浩对爱人充满了愧疚，休假在家时，他总是尽力多做家务，分担妻子的压力。“哇！好干净呀！”听到爱人对自己劳动成果的“点赞”，邹陈浩很欣慰。

目前，邹陈浩的母亲在宁波帮助他们带孩子，而父亲还在舟山打鱼。他说：“我觉得挺对不起我爸的，他自己过，回家晚了就吃泡面，快60岁了还要外出打鱼。今年他过生日的时候，我把他接到了宁波，给他做了10个菜，他很开心。”

父亲每次出海，邹陈浩都会叮嘱他，年纪大了，不要逞强，注意安全。

□采访手记

“救助一个人，挽救一个家庭”

邹陈浩目前的生活平淡而幸福，谈起家庭生活，不自觉地流露出由衷的满足。而他深知，幸福来之不易，所以他特别知足和感恩。

采访中，邹陈浩说得最多的一个词就是感恩。10年前的那场大寒潮，是他这辈子都不会忘记的，在他心里挥之不去。也正是因为这样，他才更加明白了生活的目的。他感慨地说，人的生命只有一次，是最宝贵的。感谢东海救助局给他带来二次生命和目前的幸福生活。他知道，重生的不仅仅是他自己，还有他的整个家庭。他说：“救助了一个人，其实挽救的是一个家庭。”

这既是他作为被救者的生命感悟，又是作为施救者的心得体会。重获新生后，再次审视生命的价值，邹陈浩觉得回报社会最好的途径就是做一名光荣的海上搜救从业者，让惊涛骇浪中遇险的人转危为安，让他们的家庭重获新生。这将是他一生的追求。

邹陈浩的“重生”正是我国海上搜救文化品牌“惠海泽

航、人本至善”的真实写照。正是一个又一个海上搜救从业者的辛勤付出，换来了一个又一个生命个体的重生和家庭生活的重塑。

汪国真曾说：“看海与出海真是两种生活两种境界。一种是把眼睛给了海，一种是把生命给了海。”作为记者，“看海”过后，很受感动，却很难体会和表述把生命给了海的海上搜救者们的心路历程。唯有致敬！

□事件回放

2005年12月4日中午，散货船“振乐57”轮在长江口以东70海里附近水域突然遭受寒潮天气。大风掀起巨浪，船体进水并倾斜下沉，包括邹陈浩在内的17名船员遇险。接到搜救指令后，“东海救131”轮和专业救助直升机“B-7310”立即赶赴现场开展救援工作。经全力救援，“东海救131”轮救起3人，专业救助直升机救起9人。

回访录之十：

张德忠：安心过好每一个好日子

中国交通报记者 冯伟

春天的佳木斯还是一片冰天雪地。就在一年前的春天，在这里生活了一辈子的张德忠，经历了一次生死考验。谈起那段经历，这个50岁上下、身材不高但很壮实的东北汉子会在不经意的瞬间，低头、掩面、陷入沉思。

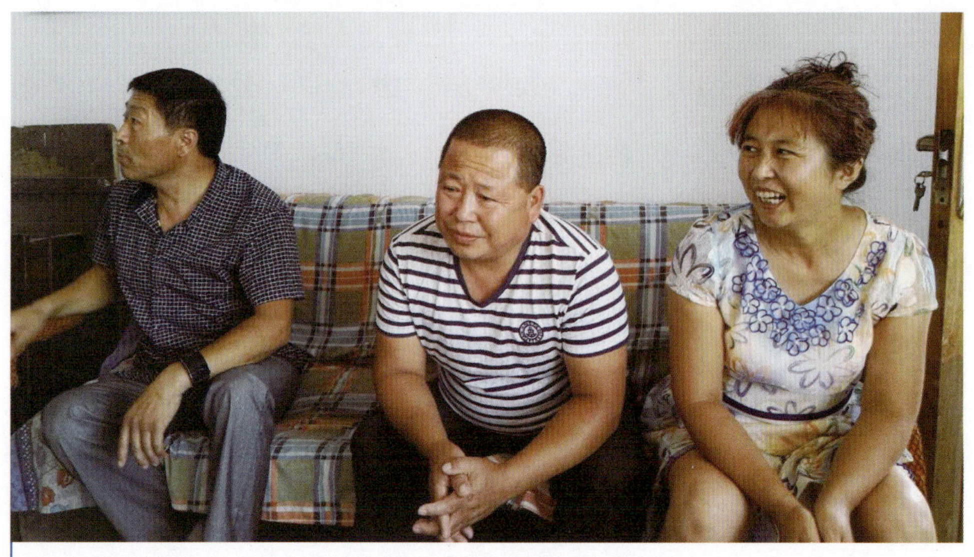

张德忠（中）和妻子（右）接受记者采访。

8月10日，记者随着佳木斯市水上搜救指挥中心的工作人员踏上了张德忠生活的地方——柳树岛。这是一座四面环水的岛屿，与外界不通桥，没有路，三三两两的小卖铺散落在码头两侧。穿过绿油油的玉米地，来到一幢挂着“德忠食杂店”匾牌的白色平房前，张德忠和妻子已迎候在那里。一见到佳木斯市水上搜救指挥中心的同志，张德忠就大步迎了上去，紧紧握住他们的手，激动地说：“你们来了，感谢感谢啊！”

他若倒了　家就没了

张德忠口中频频感谢的是一年前对他的一次救助，虽然已经过去了很久，但对他而言，一切都好像还是昨天的事。

“那天是4月1日，西方的愚人节，老天爷给俺开了个‘大玩笑’。”张德忠苦涩地说。前一天下午他觉得身上有点发冷，心想扛扛就过去了，没太在意。可是到了凌晨，浑身滚烫的张德忠却瘫软在炕上。

“当时什么感觉？”记者问。“晕！睁不开眼睛，想吐，腿还忍不住抽抽。”张德忠说。

这情景吓坏了张德忠的妻子孙佰杰。因为柳树岛上没有诊所和药房，这个季节又是封岛期，想出去就医太难了。村长展恩福告诉记者，每年11月松花江开始封冻，来年4月左右冰层逐渐开始融化，连片的巨型冰排漂浮在滚滚的江水中，普通船根本开不了。这段时期的柳树岛几乎与世隔绝。岛上的人都说“就算要得个小病小灾，千万也别赶这个时候”。

“隔壁的老朱，还有老王，都是因为在封岛期发烧生病，无法及时送医院救治，人没了。你说我咋这么倒霉呢？”看着当时已经被烧糊涂、不断抽搐的张德忠，孙佰杰说自己曾一屁股坐到了地上，叫天天不应，叫地地不灵。

万般无奈的她，只好去找村长。村长展恩福想起了佳木斯市水上搜救指挥中心，可他们的船能开得出来吗？村长也说不清，只能试试再说了。当大伙儿架着张德忠一点点挪向码头时，水上搜救指挥中心的水陆两栖船已经等候在那里了。张德忠被及时送到了医院。

冰水两栖应急救援船紧急转运生病岛民。

“医生说他发烧到40多摄氏度，幸亏送来得及时，要不然可能烧坏脑子。他可是家里的顶梁柱，万一有个三长两短，这个家可咋过啊！”孙佰杰忐忑地说着。

“真没想到他们有这种船，听说还是专门为了在封岛期救人才买的。”村长展恩福高兴地说，“今后村里再有什么事，我们有指望了。”

小小举动 温暖人心

采访中，时不时有人到张德忠的食杂店买东西。小店门脸不大，就开在自家的客厅，雪白的墙壁上挂着孙佰杰亲手绣的“家和万事兴”。“家”字旁一朵盛开的牡丹和三条金色的鲤鱼，透着喜庆，女儿婚纱照挂在旁边，照片中女儿发自内心幸福地笑着。

谈到事后感受，话一直不多的张德忠眼睛一亮，“安心！”他和妻子同时说道。

“安心？”记者重复。“对！”张德忠斩钉截铁地答道。

安心，是因为张德忠知道虽然柳树岛被江水隔开与外界隔绝，但是政府部门却没让岛上的人与世隔绝。“政府一直想着我们、关心着我们呢！这次我的命就是政府给捡回来的。”他告诉记者，岛上不少人都被政府部门救过，犯心脏病的老张还有从房顶摔下来的老何……此外，孩子考试着急出岛，渡船停运岛民又急需回岛等，只要找到水上搜救指挥中心，他们都会派人护送过江。

“我们不是没人管。记者，你得多替我们宣传宣传他们。”采访中来买东西的老李激动地对记者说。

有了这份安心感，柳树岛的岛民腾出了精力，开始琢磨怎么让柳树岛生出金子来。展恩福介绍，他们把个人承包的客渡船整合了起来，以村的名义成立了运营队。他们还想着，岛上除了种玉米，能不能再种点鲜花什么的。“不是说从花里能提炼出精油做化妆品吗？”孙佰杰笑着说。不再苦于因出岛难而挣扎着生存，好日子在等着他们呢！

□记者手记

贴心换来安心

对于柳树岛人，松花江是他们不安心的主要因素。江上每年的流凌期正是他们封岛的主要原因。面对江面上的大块浮冰，以前柳树岛人只能靠舢板船侥幸出行。冰上推一截水里滑一截，开船5分钟的路程，得走1个小时，不仅颠簸厉害，还随时有船毁人亡的危险。特别是遇到孕妇生产、村民得病，就只能听天由命。而这样的日子还要持续多久，柳树岛人自己也不知道。但是作为代表政府履行水上搜寻救助职能的水上搜救指挥中心，却发力要解决这些问题。

近年来，佳木斯市水上搜救指挥中心先从完善搜寻救助装备入手，引进了世界先进的冰水两栖救援船、气垫桥、救生滑板、救生抛投器等搜救装备，建立了陆岛应急救助机制，公布了水上搜救专用电话“12395”。每年冬季两艘两栖船在辖区巡航待命，并依托无人机将巡航工作立体化、常态化，切实形成了专业、科学、高效的水上应急救助体系。

佳木斯海事局进行冰水两栖应急巡航。

两年来，佳木斯市水上搜救指挥中心共开展两栖巡航61天，巡航里程420海里，参与救助岛民11起、12人。越来越多的柳树岛人开始感到：住在这里，是可以心安的。“感谢政府”也成了他们说得越来越多的话。

保障人民群众生命财产安全，是海（水）上搜救人的神圣使命。柳树岛岛民的“安心”，也成为对搜救人员的最大褒奖。险情就是命令、时间就是生命、团结就是力量，这既是海上搜救精神，也是搜救人员工作生活的真实写照。

□事件回放

2015年4月1日，佳木斯市柳树岛岛民张德忠突发重感冒并伴有高烧，若不及时救治，有可能危及生命。当时正值松花江大面积流冰，渡船禁止航行。为了让病人得到及时治疗，佳木斯市水上搜救指挥中心在接到求救电话后，立即派遣两栖救援船前去救援，及时将张德忠送往医院治疗。

四

搜救志愿者缩影

Volunteers turn tide for stranded sailors

CHINA DAILY Reporter Peng Yining

The past decade has seen a steady rise in the number of unpaid search-and-rescue teams along China's coastline, providing a vital lifeline for vessels and mariners from all nations. Peng Yining reports.

In 1982, at the age of 15, Guo Wenbiao dived into a heavy sea and saved the life of his shipmate, an elderly fisherman who had fallen from the deck of their boat when it was hit by a large wave. That was the first of more than 700 lives Guo has saved as a fisherman and maritime rescue volunteer.

"I didn't have time to think of the danger," said the 49-year-old from Wenling city in Zhejiang province, East China. "If people fall into rough seas, they face certain death if help doesn't arrive promptly."

Founded by Guo in 2007, the Wenling maritime rescue team, a group of volunteers in the coastal city, comprises 14 people and six vessels.

"Fishermen are alone and vulnerable when they work on the ocean," Guo, the group's director, said. "We have to help one another."

In the past 10 years, the number of maritime rescue volunteers has grown rapidly, according to the China Maritime Search and Rescue Center. It has released a report showing that between 2003 and 2012, it organized more than 17,000 rescue missions involving more than 60,000 vessels, about 40,000 of them crewed by volunteers.

More than 80 voluntary maritime rescue groups work along China's coastline, and more than 5,000 volunteers, most of them fishermen, participate in the operations. If ships get into trouble in shallow, offshore waters that are unsuitable for large rescue vessels, local fishing boats can provide help more efficiently, Guo said.

His role as director of the local volunteer team means he carries his mobile phone wherever he goes, and even puts it next to the bed at night. "My mobile number is the 'life-saving number' for fishermen," he said. "We all have work to do and families to feed, but we are always ready to help."

Bravery awards

In 2011, Guo won the International Maritime Organization's award for Exceptional Bravery At Sea.

Having been cut by ropes, shells and debris during rescue missions, his hands are covered with scars. He is always prepared, and when storms occur or are forecast, he always sleeps fully clothed in case he is called in the middle of night.

Yin Jie, director of the emergency management office at the China Maritime Search and Rescue Center, said teams such as Guo's are vital lifelines for sailors.

"Volunteers are playing an increasingly important role in maritime rescue," he said.

According to Yin, the official search and rescue force is designed for large-scale missions in deep waters or rough seas. He used the center's rescue boat as an example, saying it has a draft of at least 5 meters, which means smaller fishing boats can provide help more promptly in shallow waters.

Even during large-scale missions, volunteers cooperate with the official forces because their boats are usually smaller and more maneuverable, which makes it easier to reach people in the water. In addition, compared with local fishing boats, the coast guard and other official vessels take longer to reach stranded boats.

"In the ocean, time is life," Yin said, adding that people can survive for six hours when the water temperature is around 10℃, but when the temperature falls to zero, life expectancy is only about two hours.

Tang Wenlong, a 30-year-old fisherman from Shandong province, said the memory of waiting on a sinking boat still makes his flesh creep four years later.

"The water crept up to my waist, neck and chin; even before it had reached my nose, I couldn't breathe," he said. "We started to talk about our last wishes, in case any of us survived. Many spoke about their children. One man tucked some bills into his underwear, saying his family would at least have some money if his body was recovered. I was thinking about my elderly parents, regretting I hadn't spent enough time with them."

Tang and his crewmates were saved by a nearby ship that responded to their distress signal.

"I can't describe the happiness I felt when I saw them coming for us," he said. "I knew they would help. I would do the same for other people, too."

Repaying a debt

After being rescued by a local volunteer team, Lin Shaoguang, a fisherman from Guangdong province, decided to join them.

"The engine on our boat exploded and killed the helmsman, who was also my friend. We were tossed up and down in rough waves 10 nautical miles offshore. It was getting dark. The wind was blowing stronger and stronger. I was thinking about my 1-year-old daughter all the time I was making the SOS call," the 35-year-old said. "The volunteers in our village arrived in less than half an hour. We were shivering in the cold wind, and one of the volunteers put his coat on my back. I can't tell you how grateful I was at that moment."

Lin said the team displayed great courage because the windy conditions produced about 40-meter-high waves that made it dangerous to sail at speed, especially as visibility was poor.

"They risked their lives to save ours," he said. "I wanted to pay them back."

Since he joined the team, Lin has saved more than 60 people on 20 vessels, and he has also retrieved the bodies of 20 drowned sailors.

The team had just five members when it was founded in 2007, but the number has now risen to 83. In the past decade, the team has rescued more than 300 people and towed 58 damaged vessels.

On March 10, the team cooperated with the Guangdong Maritime Rescue Center to rescue 14 fishermen marooned on an oyster boat whose engine had broken down.

Outstanding contributions

To encourage more people to volunteer, China Maritime Search and Rescue Center launched awards in 2007, and every year a total of 8 million yuan is given to volunteers adjudged to have made an outstanding contribution to rescue efforts. The crews nominate themselves and if chosen they can receive as much as 50,000 yuan as a reward for their bravery.

Last year, the center received more than 400 nominations, and 294 teams were honored, including the crew of a Chinese merchant ship, which altered course to provide assistance to a stranded Filipino fishing boat.

In addition to financial rewards, the administration also provides volunteers with essential equipment, including life jackets, flashlights and ropes. It also arranges two training sessions every year to teach the men how to perform basic first aid.

"Many people die of hypothermia. So the first thing to do after you pull someone out of the water is to keep them warm," said Yin, of the China Maritime Search and Rescue Center. "But many fishermen don't know this. We want to help them to be professional."

However, the high cost of providing their services is the biggest challenge for volunteers. Although, the local government provides Guo with an annual subsidy of 300,000 yuan, he has to use his own money to keep the team running. In 2014, it cost him more than 1.8 million yuan, mostly money he earned by fishing and running a small hostel.

"Sure, the financial pressure is huge, but I can't stop helping other fishermen. People's lives are more valuable than money," he said. "I believe they would do the same for me if I were in danger."

Saving lives, winning friends

Between 2010 and last year, more than 10,000 emergencies occurred in the waters off the Chinese coast. More than 84,000 people were rescued—an average of 46 every day—along with 7,600 ships. The success rate was more than 96 percent.

In the past five years, the International Maritime Organization has honored Chinese sailors with 30 awards, including the top honor —for exceptional bravery at sea—eight certificates of commendation and 21 letters of commendation.

In 2013, when Typhoon Hudie, the Chinese word for butterfly, swept across the South China Sea, the China Maritime Search and Rescue Center searched more than 37,000 square kilometers and rescued 637 sailors, most of them fishermen—the largest number of lives saved in any single operation in the last five years.

In 2014, China sent 19 ships, eight helicopters and five planes on a six-month search for the missing airliner MH370, which was carrying 154 Chinese nationals. More than 100 Chinese cargo vessels also participated in the search, which covered 1.4 million square kilometers of ocean. Despite the search, the jet has still not been found.

In the past five years, the Finance Ministry has spent nearly 7 billion yuan ($1.1 billion) on maritime rescue missions and on building up the system. The Ministory of Transport now has 200 vessels designed specifically for its missions.

Fishermen are winched from the waters by the Beihai Flying Rescue Service on Nov 18, after their boat Lushouyu 60909 was damaged in bad weather in the waters off Dongying Port in Shandong province.Photos Provided To China Daily.

A diver (right) exchanges information with a colleague after an underwater search for survivors of Dongfangzhixing (The Eastern Star), which capsized on the Yangtze River in June last year.

Rescue staff from Guangdong, Hong Kong and Macao join forces in a drill at the mouth of the Pearl River.

Fishermen are alone and vulnerable when they work on the ocean. We have to help one another."

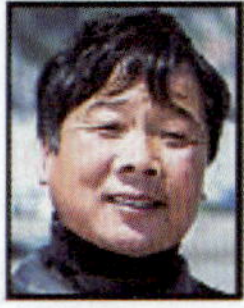

Guo Wenbiao, founder of the Wenling maritime rescue team

（*China Daily* 06/07/2016 page6）

译文

志愿者力挽狂澜　遇险船员转危为安

中国日报记者 彭奕宁　翻译 屈珊珊

近十年来，中国海上搜救志愿者队伍数量稳步增长，他们与专业搜救力量一道，为航经我国海域的各国船舶和船员筑起了一道生命防护线。彭奕宁报道。

1982年，15岁的郭文标跳入海中救起了落水的同船船员，这名年长的渔民被大浪从甲板上打落海中。这是郭文标救起的第一人，作为渔民和海上搜救志愿者，至今他已挽救了700多人的生命。

“我来不及想危险，”已近知天命之年的郭文标说，“如果有人落入波涛汹涌的大海，又没有及时救援，他们只有死路一条。”

2007年，郭文标成立了温岭海上民间救助站并担任站长，浙江海边小城的这支志愿者队伍最初由14人和6艘船组成。

“海上作业的渔民都是势单力孤的。”郭文标说，“我们必须互相帮助。”

根据中国海上搜救中心统计，10年来，全国海上搜救志愿者人数迅速增长。2003年至2012年期间，中国海上搜救中心共组织了17000多次搜救行动任务，参与救助的船只60000多艘，其中有4万志愿者参与其中。

中国沿海各地共有80多支海上搜救志愿者队伍，志愿者人数5000多名，其中大部分是渔民。郭文标说，如果船舶在浅海近海遇险，大型救助船因吃水深不便开展救援，当地渔船更能发挥优势，实施更有效的救助。

作为当地民间救助站站长，郭文标手机从不离身，即使晚上睡觉也放在床边。“我的手机号码是渔民的‘救助热线’。”他说，“我们都有工作，要养家糊口，但我们时刻准备着帮助他人。”

对勇敢者的奖励

2011年，郭文标荣获国际海事组织颁发的“海上特别勇敢奖”。

因为水下救援，郭文标的双手常被缆绳、贝壳和碎片等划破，布满伤痕。每当台风来临或大风预警时，他总是和衣而睡，方便半夜起来救人。

中国海上搜救中心综合处处长殷杰介绍说，像郭文标这样的海上搜救志愿者队伍为遇险船员提供了重要保障。

“志愿者在海上搜救中发挥着越来越重要的作用。”他说。

殷杰介绍说，海上专业搜救力量主要执行深海条件、恶劣海况下的急难险重搜救任务。以专业救助船为例，一般至少有5米的吃水，这意味着在浅海区域，小型渔船可以更便利、更快捷。

即使在大型搜救行动中，志愿者也会与专业力量配合，因为他们的船只灵活易操作，更容易接近落水者。此外，与就近就便的渔船相比，从待命点出发的专业救助船舶需要一定的时间才能赶到遇险船舶现场。

“在海上，时间就是生命。”殷杰说。水温在10℃左右时人能存活大约6小时，但是当水温降到零摄氏度时，存活时间只有大约2小时。

来自山东省的一位渔民、30岁的唐文龙说，四年后，当他想起自己在沉船上等待救援时的情形，仍感觉不寒而栗。“海水没过腰、脖子和下巴，甚至淹到鼻子，我呼吸都困难了。”他说，“我们开始交代各自的后事，想着如果有人活着可以帮忙料理。有人说到孩子，有人往贴身的内衣里塞了纸币，说如果家人找到尸体，至少还有点钱。我一直在想父母，他们年纪大了，我很后悔自己没有时间尽孝。”

附近的船舶收到求救信号后赶来，救起了唐文龙和同船船员。

“看到有人来救我们，那种幸福感简直没法形容，”唐文龙说，“我知道他们会救我们，别的船员遇险我也会这样做。”

回报救命之恩

广东珠海渔民林绍广被当地搜救志愿者救起后，决定加入这支队伍。

“船上发动机爆炸，舵手当场死亡，他也是我的朋友。我们当时离海岸10海里，船在巨浪中颠簸。天色越来越暗，风越刮越大。打求救电话时我满脑子都是1岁的小女儿。”这个35岁的渔民说，“我们村的志愿者不到半小时就赶到了，我们在寒风中瑟瑟发抖，有个志愿者把他的外套披到我身上，我心里真是说不出的感激。”

林绍广说，当时大风掀起了4米高的浪，能见度又差，这种海况下航行尤其危险，志愿者还要开展救援，这需要巨大的勇气。

“他们是冒着生命危险来救我们。”他说，“我要报答他们。”

自从加入三灶渔民海上救助队，林绍广已参与救助了20艘船舶、60多人，打捞溺亡船员遗体20具。

三灶渔民海上救助队2007年成立时只有5名成员，现在已经增加到83人。过去十年中，他们救助了300多人，拖带受损船只58艘。

2016年3月10日，这支志愿者队伍与广东省海上搜救中心合作，救助了14名因发动机故障而遇险的渔民。

杰出的贡献

为了鼓励更多人参与海上搜救，中国海上搜救中心于2007年开始对参与搜救的社会力量进行奖励，每年向做出突出贡献的志愿者发放奖励约800万元，由各省级海上搜救中心推荐报送，通过评选的志愿者可获得不超过5万元的奖励。去年，中国海上搜救中心收到了400多份推荐材料，共有294起险情救助获奖，其中，一艘中国商船改变航线，成功救助搁浅的菲律宾杂货船21名船员（译者注：2015年10月17日，“中远香港”轮在从香港驶往悉尼的途中，救助菲律宾遇险船员21人）。

除资金奖励外，中国海上搜救中心还向志愿者提供必要的搜救装备，包括救生衣、手电筒和绳索等。同时，每年还安排两次志愿者培训课程，传授海上搜救和急救技能。

“许多落水者死于低温，把人从水中拉上来，首先要做的就是保暖。”殷杰说，“但是有的渔民不知道，我们的培训使他们更专业。”

然而，志愿服务的高成本是志愿者们面临的最大挑战。虽然地方政府每年给予郭文标30万元的补贴，但他不得不用自己的收入来维持队伍的运转。2014年，他为志愿者队伍投入超过180万元，大部分收入来自打鱼和经营渔家乐餐厅。

“经济压力当然很大，但渔民遇险我不能不帮，人命比钱更宝贵，”他说，“我相信如果自己遇险，别人也会这么做。”

救助人命，赢得朋友

2010年至2015年，中国沿海水域共发生了10000多起险情，救助累积超过84000人、船舶7600艘——平均每天救起46人，救助成功率超过96%。

过去五年，国际海事组织向中国船员颁发30项奖励，其中最高荣誉“海上特殊勇敢奖”奖章1次、奖状8项、表扬信21封。

2013年，台风“蝴蝶”肆虐南海，中国海上搜救中心组织搜寻37000平方公里，救助遇险船员637人，其中大部分是渔民——这是过去五年，国内单次救助行动中获救人数最多的一起险情。

2014年，中国派出19艘船舶、8架直升机和5架飞机，对马航失联客机MH370进行了为期6个月的搜寻。该架客机载有154名中国公民。另外，100多艘中国商船也参与了搜寻，搜寻总面积达140万平方公里。尽管如此，失联客机仍未被发现。过去五年，财政部共投入近70亿元人民币（约合11亿美元）用于海上搜救行动和装备建设。交通运输部目前共有200艘专业救助船舶。

坚守初心　善行天下

——“平安水鬼”郭文标

中国交通报记者 王倩　实习生 宁宇

他是一个渔民，

却成为海上搜救的知名志愿者。

他是一个勇士，

却因义务救助惹了诸多“麻烦”上身。

温岭市石塘海上平安民间救助站站长　郭文标

他是一个丈夫，

却惹得妻子满腹牢骚，终日担忧不已。

他是一个父亲，

却常责令年幼的儿子照看衣物，下水救人。

他是一个英雄，

却无辜遭人谩骂殴打，忍受委屈。

他是浙江省温岭市石塘镇的“平安水鬼”郭文标。在这个渔船众多、海况复杂的辖区，义务救助不收取分文，一干就是30年。所谓善，心地仁爱，品质淳厚。一路披荆斩棘，支撑他走到今天的正是“善”这个纯净的字眼，成为强大的精神支柱和动力源泉。

郭文标的救人故事，不需要更多雕琢，是真实情景的再现。郭文标发自内心的善，是中国海上搜救中心“惠海泽航、人本至善”搜救文化的生动展现。他与他的海上民间救助站，作为搜救力量的一个单元，与政府搜救力量共同筑牢海上安全的最后一道防线，成为服务国家三大战略实施的坚强“后卫”。

善之追源——勇气

善良，源于骨子里的执着刚毅，体现在置生死于度外的勇敢无畏。无论海上风浪有多大，郭文标的救助船只要出了港就绝不中途打道回府。哪里有危险便冲向哪里，他从不畏惧惊涛骇浪，也从不向狰狞的死神低头。

初见郭文标时，站在记者面前的他身材不高，却很结实，皮肤晒成黑红色，头发有些蓬乱，声音沙哑却洪亮，手掌因长期海水浸泡而肿胀，关节也比常人要粗得多，笑眯眯的眼角有三道深深的皱纹，舒展开时竟露出原本的肤色。与郭文标握手，记者心里一紧，因为他的手心、手背满是伤疤，不忍直视，就连鼻子下方也有一道深深的疤痕。

“这些伤疤都是怎么留下来的？”记者小心翼翼地问道。

“水下救援需要拖缆绳，被贝壳或铁板划破、脚踩在钉子上，受伤是‘家常便饭’，数不清有多少疤痕了，剃胡子时也常把伤疤弄破流血。”郭文标不以为然地笑了笑，眉宇之间透着执着无畏。

15岁那年，郭文标第一次救人。大浪突然袭来，把年逾五旬的老渔民郭家喜卷入海中。正在一旁帮忙拖船的郭文标想都没想，丢下缆绳便冲入水中。呛了好几口水后，身高只有1米4多的郭文标连拖带拽地把老人救上了岸。

“害不害怕也被拖沉？”记者问。

“当时根本来不及想，只想着我要是不救他，他就死定了。”郭文标说。

30年来，郭文标以这种“来不及想”的态度，挽救了700余条生命。无论时间多晚、距离多远、天气多恶劣，只要接到电话，郭文标就会立刻出海救援，从不推脱。台风时节，大海如同咆哮的怪兽，救人随时有可能把性命搭进去。

多年来，郭文标养成了一个特殊的习惯，睡觉的时候从来不盖被子，而是把衣服盖在身上，手机就放在枕边，一接到求救电话，穿上衣服就走。他说：“洋面上救人跟陆地上不一样，时间就是生命啊。我早一点出去，遇险的人就多一点希望。”

郭文标穿潜水服进行水下救助。

平日里的郭文标仗义、温和，极好说话，可真到了救人的时候，他的犟劲儿就来了。风浪再大，郭文标的船只要出了港就绝不中途打道回府。

2005年8月，“麦莎”台风袭扰石塘，12级的台风来临，郭文标冒死驾船营救被困在跨海大桥下的林应祥等4人。台风肆虐，平日驾船几分钟就能到达的遇险地点，郭文标却在海上颠簸了三四十分钟，自己的小船一度被浪打得垂直竖在海面上。即使命悬一线，倔强的郭文标也从没想过退却，最终成功地挽救了4名渔民的生命。

除了救活人外，胆大的郭文标还经常帮遇难者家属打捞遇难者遗体。邻村有人专门捞尸体，出去一趟就是8000元，要是捞着了，收费高达3万元。而30多年来，郭文标打捞并掩埋遇难者遗体，不收任何报酬。

“您看到那些尸体不害怕么。”记者不禁问道。

“最开始肯定害怕，但慢慢地就不怕了。老爸以前常跟我说，做人要对得起良心，见到尸体捞回来，他的家里人也会感激你。”郭文标淡然地说道。

善者不辩，他从不争论谁勇谁怯，只在风浪来袭时冲锋上前，抢救生命，在死神面前从不低头。冰冷的海水，不能冷却他那颗为每个陌生生命牵挂的心。

善之探索——灵气

一方水土养一方人，脑袋灵光、思维活跃的特质深深根植在郭文标的基因里。他勤于思考，用心摸索更有效的救人方法，不仅提高了救人的成功率，更是被渔民亲切地喊为“地”主，因为一张精确的暗礁分布图就在他的大脑里。

台州海域船只往来密集，岛域众多，水域环境复杂，发生事故概率较大；加之近海水域较浅，大型专业救助船舶无法进港救助。在这样的情况下，渔民一有状况，便会想到被称为海上平安热线的郭文标。因为他的救助服务不仅24小时随叫随到，而且救人经验丰富。

有一次，小沙头村的一家三口出海捞螃蟹时船舶触到礁石上，母亲掉入水中。“刚捞上来时她还睁开眼看了我一下。但石塘的风俗是人捞上来后死在岸上不吉利，当时我劝他们要先想办法恢复体温。可是，她的家属不听，非要把人送去医院，结果在路上就活活冻死了。”看着救上来的人因救助措施不得当而死掉，他很痛惜。从最初的用棉被包裹保温，到用电热毯加热，再到用吹风机吹落水者的躯干。这些年，郭文标一直在摸索更有效的救援方式。

当地渔民都知道，郭文标还有个因绝活得来的外号——“地”主。每当船只触礁遇险，哪怕船老大不知道自己所在的方位，只要描述出礁石的形状和周围海区的大致特征，郭文标便能准确地说出这块礁石的地理坐标和周围的海域情况，大大节省了出海救援时间。

现代海上救助依赖于卫星定位和先进设备，而郭文标的脑袋里却装着一张学不来也拿不走的暗礁分布活地图。茫茫大海，没有一寸一厘属于他，而他，却凭借着经年积累的丰富经验和愿意为救人而不停摸索研究的钻劲儿，成为了最熟悉这片海域的人。

郭文标协助边防战士固定渔船防抗台风。

善之包容——大气

有一种善，是发自真诚的内心，不需要回报，也无关他人的态度。满身伤疤、救人挨打、赔钱造船……郭文标不在乎。因为他认定，救上来活人，活人感激他；救上来死人，死人保佑他。

从初生牛犊不怕虎的愣头少年，到如今眼角皱纹纵横的憨厚好人，30多年来，郭文标不知经历了多少个不眠不休的夜晚，数不清多少次死里逃生，记不得救起了多少条性命。

2013年11月24日，郭文标协助台州市海上搜救中心救助“浙临机611”轮遇险人员。

外伤，一目了然。而耳膜出血、喉咙因有息肉而咳嗽、又僵又硬的脖子、曾经骨裂每逢阴雨天气便会隐隐作痛的肋骨……更多的内伤伴随着郭文标每日每夜，不曾与家人提起。

令记者没想到的是，郭文标最严重的一次受伤，竟然是因救人而挨打。

那是2010年5月7日，一艘渔船在距离温岭100多海里处倾覆，郭文标带着海上民间救助站的成员赶往现场搜救，在海上连续作业5天。5月12日，抱病下海的郭文标多次潜水搜寻，找回6具遗体，1具遗体失踪。失踪船员的亲友竟指责郭文标没有认真搜寻并找到遇难者遗体，情绪失控下动手殴打郭文标，造成郭文标头部受伤、腹部挫伤，足足在医院躺了一个星期。

伤在身上，痛在心里，郭文标气得躺在病床上直流眼泪，带病救人，不收人家一分钱，还被痛打一顿，冤啊。

而一出院，郭文标没时间烦恼，没时间抱怨，准备就绪又出海救人了，他实在太忙了。

“发生这种事情，你有没有想过放弃，不再从事义务救援？”记者替他不平。

“人在做，天在看。我帮人家、救人家，是自己想做的事情，他们感激我也好，痛骂我也罢，不去理睬。”郭文标说。

有人做好事，图名；有人做好事，图利。而郭文标，不但冒着危险出力救人，还搭上自己的钱财，千方百计地去想办法。

以前，郭文标只有近海施救的小船，遇到远海的险情，他经常需要挨家挨户地登门借船，才能出海救人，回来再自掏腰包把油钱付给船主。

借船，“碰钉子”是常有的事。

自己花钱造船救人的念头，由此萌生。2009年，郭文标自己投入40万元，又向5位船东借了100万元，加上银行贷款，终于建起了可以随时出发救人的42米长的救助船。而这些钱，原本是用来买新房子的积蓄，妻子埋怨他，他从来都是一声不吭，默默地坚守自己的人生追求，那便是救起更多的人。

“又赔钱，又出力，文标呀，义务救援你能坚持几年？”曾经有人担心他放弃，这样问道。没想到，一干就是30年的他说：“只要我能爬起来，还有力气，就会去做。”

自私的人说，你能给予我什么；善良的人说，给予是我唯一的念头。一个没有高学历、高文凭、高大身材，甚至不识字的渔民，朴实无华，却有着大海般宽广的胸怀。

善之延续——和气

一个人的善，可以感染身边的人。一群人的善，可以形成一股正能量，绵延永续。家人由委屈抱怨到默默支持、被他救起的人加入民间救助站去救人……郭文标用自己三十年如一日的坚持，抚平了家人的怨尤，带动了更多人的善举，点亮自己，也温暖周围。

郭文标倒贴钱去救人的行为，最初是不被身边人理解的。

那时，妻子会骂他傻，跟他闹，怎么也理解不了冒着生命危险、吃亏也要救人的行为。“我就去看一看、看一看……”郭文标总是这样哄妻子。然而，到了现场他便换上潜水服，直到完成任务才打个电话回去报平安。

儿子也对他有不满情绪。有一次郭文标去接年幼的孩子放学回家，儿子竟然问他，你是路过的，还是特意来接我的。因为儿子知道，每当接到求助电话，父亲便会扔下他，扭头而去。

“谁不想自己的丈夫平安归来？有危险，他不但不避开，反而冲到风浪里去，我真是揪心呀。他总要确保自身安全、不亏钱才行啊。”妻子庄文华聊起不管不顾的郭文标，担忧不已。

是啊，有多少见义勇为的英雄，被无情的大海夺走了性命。

如今，对“九头牛也拉不回来”的郭文标，妻子由委屈抱怨到默默支持。郭文标出海时，妻子便在家负责接电话，根据险情需要，立即安排平安救助站的成员出海，并为他们准备好食物、衣物等给养。

善人者，人亦善之。

2007年，郭文标担任站长的海上民间救助站成立了。目前，救助站共有14名成员、6条救助船。而被他给予援手的人，也加入海上民间救助站，去帮助更多的人。

“那是2005年夏天的晚上，我的右脚被渔网卷进去，盆骨骨裂，郭文标用了2个多小时赶来救援，把我送去医院，一分钱也没收，过后还来医院看望我。”海上民间救助站成员刘标回忆道。正是这次经历触动了他，让他涌起感恩的心，参与到日后的救援中来。

除了义务救援外，作为道德模范，郭文标还肩负着榜样示范的重担。每到双休日或寒暑假，温岭市内的学校便会组织学生到救助站来参观郭文标的救助船，听他讲说不完的救人故事，把积德行善的力量发扬光大。

郭文标作为民间力量参与海上搜救，是对“险情就是命令、时间就是生命、团结就是力量”搜救精神的弘扬和诠释。多年来，政府部门给予了他多方面的支持，鼓励他坚持救援。“他救人不计报酬的奉献行为，是对政府部门专业骨干搜救力量的有效补充，保障了人民群众的生命、财产安全，激励着人们自愿投身海上搜救。”台州海事局副局长郦海勤如此评价道。

总有一种力量，令我们泪流满面。

总有一种力量，让我们精神抖擞。

总有一种力量，驱使我们不断寻求“正义、爱心、善良”。

这种力量，来自于郭文标，一位目不识丁的渔民，在狂风巨浪、生死边缘时搏击沧海，在是非谣言、误解讽刺中坚守初心……当许多人站在自私的石礁上，望不见救援船只驶来时，是他始终以德报怨，用无私奉献到令人难以置信的行为，阐释了“人之初、性本善”的含义。

让我们向英雄致敬！

□采访手记

英雄背后，不应承受之重

在温岭市石塘镇窄窄的街道上，随便拉住一个行人，便能准确地指出郭文标家的位置。没错，他是家喻户晓的英雄。但只有他和他的家人知道，称赞与褒扬的背后，他们吃了多少“哑巴亏”，付出了怎样的艰辛，经受了多么大的委屈。

正是由于委屈，采访他的妻子庄文华时，她削着手中的芹菜，背过身去就是不愿意理睬。而郭文标，像个孩子一样杵在她身后几米远的地方摇了摇头，望着倍感尴尬的记者，眼中满是歉意、无奈和委屈。这一幕，让记者心里一颤，似乎真真切切地感受到，平日里的郭文标，是顶着多么大的压力，坚守着自己义务救援的初心。

英雄之苦，在于重于泰山的经济压力。郭文标每年要承担海上民间救助站的工资发放、救助船出海救援的柴油费和维护费等多项支出。尽管每年各级政府部门所给予的补贴共计30多万元，但这些数目对于庞大的支出总和来说，依旧是杯水车薪。仅2014年，郭文标就倒贴了180多万元，现在银行里还欠着400多万元的贷款。过去，郭文标靠给过往船只“解叶子”一次一两百元的辛苦费补贴家用。但自从被称作“海上110”后，渔民认为道德模范义务服务是应该的，“解叶子”也不给钱，拖船搭进去的柴油费更被视为理所应当。

英雄之苦，还在于超越能力范围的责任风险。郭文标是人，不是神，义务救助本是出于善心的行为。而渔民似乎认为，出了事就该找他救援，无论实际条件是否允许，他都必须管，还得管好，有一条船找不到、有一个人救不上来，就要追究他的责任。出了闪失，悲痛过度的家属竟对郭文标横加指责，破口大骂甚至拳脚相加。“出力不讨好”的次数多了，英雄也会难过。

英雄之苦，更在于流言和误解侵袭而来的精神压力。树大招风，有谣言说郭文标救人，政府奖励了30万元，自己揣兜里了。妻子庄文华追问起郭文标钱的去向，他却一头雾水，不知所云。没过几天，又传来政府奖励郭文标一条船的说法，而那条船，是他自己花费60万元造的，每一分钱都是血汗钱。郭家的日子总是这样，一波未平一波又起，名气越大，流言越多。郭文标粗枝大叶可以不往心里去，但妻子庄文华却无法不在乎。因此，她不喜欢记者报道丈夫的事迹，不想离宁静的生活渐行渐远。

人前，他是光荣的英雄，先后获得“海上特别勇敢奖”，全国道德模范等无数称号，大家的褒奖声和掌声此起彼伏。人后，褪去光环，他却是一个有着诸多苦水只能默默吞咽的硬汉，是一个对家人不够尽责而心怀愧疚的丈夫。

他最大的心愿，不是得到名与利，而是身边人的一份支持、渔民设身处地的理解、众人肯定的目光。

2011年，郭文标荣获国际海事组织“海上搜救特别勇敢奖”奖状。

水无情　人有义　血更浓

——记河南省商丘市水上义务救援队发起人、队长黄伟

中国交通报记者 冯伟 周爱娟　通讯员 尹永刚

寻寻觅觅，凄凄戚戚。

让生者安心、逝者安宁，路有多长？

三千个日夜奔忙，近四百个家庭安然。

河南省商丘市水上义务救援队发起人、队长　黄伟

茫茫水域，黄伟用仁义之心，

把爱心点亮，连缀起星星点点的爱，

在冰冷的水下，织起一张网，网住希望，网住善良。

2015年7月20日，河南省18个地市都在发布寻人启事：因为一个人，爱上一座城。谁能代表这座城市的精神？

这是《大河报》联合河南省18个地市、106家自媒体共同发起的“点亮城市之光、寻找城市代言人”活动。结果揭晓，点亮商丘的，是商丘市水上义务救援队这个民间公益组织的发起人、队长黄伟。

料峭三月，记者来到商丘，亲身感受这座城市因为有了黄伟而散发出的浓浓暖意。

八年坚守的生死承诺

如果说八年义务救援是一条连接政府和民间的纽带，那么黄伟就是托起这条纽带的脊梁。

黄伟酷爱冬泳，常年在自然水域游泳。因此，他亲眼目睹过许多溺水事故的发生和挟尸要价的悲哀。生性一副侠肝义胆的他萌生了义务救援的想法。

2008年5月，黄伟联合13名冬泳爱好者，发起成立商丘市水上义务救援队，签下“义务救援、不收钱物、出现意外、后果自负”的生死承诺。这是义务救援队的成立宣言，更是对社会的庄重承诺。

为了恪守这句承诺，在此后的八年时间里，三千个日日夜夜，他始终保持着手机畅通，随时接受河南省地方海事局和110指挥中心的调遣以及群众的求助，一次次奔向溺水事故的现场。

为了恪守这句承诺，不管是八月十五，还是大年初一，只要有险情，不管是跃入水中挽救落水者的生命，还是钻进水底搜索溺水者的遗体，他都冲锋在前。

为了恪守这句承诺，他的身上就没有断过大大小小的伤口。救援中，水下锋利的玻璃、坚硬的石块、缠绕的水草……都会成为伤人的利器，他曾经因此九次负伤。

2015年3月31日，接到河南省地方海事局派遣，黄伟带队到郑州黄河参加了搜救失踪的见义勇为大学生武耀宗。当时水温低、水流急、泥沙大，给搜寻带来极大困难，但是黄伟和队员们不畏困难一直向下游搜索五六公里，搜索时间达4个多小时，还多次冒着危险潜水排查，深深地感动了遇难者家属。

河南省新蔡县“9·28”翻船事故发生后，刚刚捐献完造血干细胞23天的黄伟顾不上“不能劳累、不能受凉、不能熬夜”的医嘱，连夜奔赴现场。六天六夜艰苦卓绝的水上大营救，他每天连续工作14小时以上。晴天，他顶着烈日冲锋在前，晒脱了头皮；阴天，他冒着大雨指挥救援，浑身湿透。黄伟忍着身体上的极度不适，一直坚持到最后。

黄伟常说："但愿世间人无病，哪怕架上药蒙尘。"捞人不如救命。从惨烈的救援经历中黄伟发现，溺水死亡的大多是少年儿童。为了给孩子们普及水上安全知识，黄伟联合商丘市地方海事局一起走进学校、走上课堂，用救援队所经历的一个个鲜活的事例，开展安全警示教育。他八年宣讲215所学校，受教育学生达60多万人。其中2015年共走访宣讲了76所学校。他们在回访中了解到，所有宣传过的学校，在2015年无一人溺水死亡。

开展"水上安全知识进校园宣传活动"，宣传水上安全知识，让孩子们远离危险。

8年来，黄伟恪守着这句铁血丹心的誓言，带领着80多名队员，足迹遍布河南、山东、安徽的多个地市，参与义务救援396次，挽救了56条生命，打捞出溺水者遗体280具，打捞群众财产价值700多万元。仅2015年黄伟就参加救援58次，挽救8条生命，打捞出溺水者遗体25具。其中，他17次远赴山东救援。在他的影响下，邯郸、三门峡、安阳、民权等很多城市也都陆续成立了水上义务救援队。

黄伟带队搜救，足迹遍布鲁、皖、豫的多个地市。

>> 感言：

在被救人员眼里，黄伟是恩人；在罹难家属眼里，他是维护逝者最后尊严的善人；在社会眼里，他是代表一座城、传递正能量的好人！“水若有情水亦老。”如果黄伟潜过的水塘可以动情，那么这里的每一方水域都将洒下泪水，敬仰这位民间救生员，用八年九死而不悔的赤心锻就的善举。黄伟的事迹不需要雕琢，它已经成为中国海上搜救中心“惠海泽航、人本至善”搜救文化的缩影与生动展现，他作为搜救力量的一个单元，与政府搜救力量共同筑牢水上安全的最后一道防线，成为连接政府和社会之间的桥梁。

一个人的孤独

如果说八年义务救援是一个人的长征，那么这条长征路上凝结着他对救人最朴实的理解和义无反顾的执着。

当急功近利成为一种社会现象，面对黄伟八年坚持做同一件事，有人怀疑、不理解甚至攻击。

2011年9月，黄伟带着救援队52名成员一起做客河南电视台法制频道《侠肝义胆》栏目录制现场，播放完水上义务救援队的宣传短片，屏幕上忽然打出几行大字：

“义务救援队成立以来，所有的荣誉都是你一个人的。你是不是在利用救援队作秀、获利？”

“这些年来，大家都知道义务救援队有个黄伟。你是不是在博出名？”

……

看着这几个问题，黄伟的头“嗡”得一下。

救援队自成立以来，其义务搜救不获取一分钱的善举得到了社会的广泛认可，可是也搅黄了个别人想借机挟尸要价的美梦，有些别有用心的人被黄伟挡在了救援队之外，因此怀恨在心。渐渐地，在商丘冬泳爱好者的论坛圈子里出现了一些对黄伟的诋毁、谩骂。

2009年5月，救援队成立一周年，黄伟获得“商丘市直机关十大杰出青年”称号，有人心里失去了平衡，挑拨队员说：“大家别干了，都是给黄伟一个人干的，荣誉都是他自己的，咱们什么好处也得不到。”有人恐吓黄伟：“要再敢出现在南湖，就让你有去无回。”

一些人被蒙蔽，渐渐远离了黄伟。黄伟常去游泳换衣服的地方，被换了锁，他的东西被扔在了门外；单位有些同事说黄伟正经工作不好好干，完全在不务正业；还有一些当初组队时参加救援队的“元老”选择了离开……

面对这些误解、攻击，黄伟选择独自承担。“讲出来，只会让家人担心，让救援队的朋友们分心，亲者痛仇者快。”

这样的回答让记者心里一颤。

黄伟说：“当初做这件事就只是为了救人。想想每次在岸边哭成一团、不断磕头求人去救落水孩子的情景，这些就都不算啥。”

网上的质疑像暗流在看似如常的生活中涌动，在《侠肝义胆》的栏目录制现场被摆到了大庭广众之下。

200多号人的演播大厅鸦雀无声。面对直播的镜头和所有人齐刷刷盯向他的目光，黄伟缓缓答道："针对第一个问题，我们都是义务救援，无利可图。如果说这些话的是救援队的人，他的眼睛只盯在'利'上，就不配加入救援队！而至于'名'，今天是侠肝义胆的黄伟，明天也许有个死刑犯也叫黄伟。只有当提到水上义务救援队黄伟时，别人才知道我是谁。无论何时，提到的黄伟就必须有一个标签——'水上义务救援队'！"

从电视台出来，黄伟大胆将义务救援队重组。一些人被清退了出去，更多的人被吸纳了进来，救援队形成了一个更坚实的团队。就在那一年，黄伟荣获全国道德模范提名奖。

面对流言蜚语，黄伟坦然笑之。可是面对家人，心头的愧疚是他抹不掉的重压。2011年春节刚过的一个晚上，大雪纷飞。黄伟接到救援电话，匆匆穿衣出门，坐在客厅看电视的母亲说了八年中老人在儿子参加救援前说过的唯一一句话："非得你去吗？"只这一句话，黄伟的眼泪夺眶而出。

没有回答，因为，他无法回答。

>> 感言：

顶住流言、直面恐吓，深埋对家人的愧疚，只为让生者安心、逝者安详。有人问："小家和大家哪个更重要？"黄伟说："哪个都重要，都放不下。"放不下，是因为连得紧，联系大家和小家的是同一颗心，一颗为了救人而燃烧的心！

内心的阳光

如果说八年义务救援是一种"心"的冶炼，他在这冶炼中熔铸进了灿烂的阳光。

生命的长度总是有限，但在有限的时间里，可以尽可能地拓宽生命的宽度。崇尚简单质朴的理想，做一个纯粹的人。这与其说是黄伟对自己内心的独白，倒不如说是他对这个社会的反思与坚守。

初见黄伟，呈现在记者眼前的是一个简单的"物质版"黄伟：光头，质地考究的衬衫、光洁的皮鞋，嘹亮的嗓音，一开口是播音员般标准的普通话。这个1970年出生的北方大汉是商丘市政协常委、市侨联兼职副主席、河南省路桥建设集团分公司经理。

随着采访的不断深入，记者看到的是一个丰富的"精神版"黄伟：喜欢运动、摄影，爱好国标。34岁时候开始学游泳，为讲一口标准的普通话，每天早上起床第一件事是朗读20分钟标有拼音的汉字读物；他喜欢看书，尤其喜欢读诗，闲谈间隙，唐伯虎的《桃花庵》被他信口拈来。黄伟笑谈自己最喜欢那句"别人笑我太疯癫，我笑他人看不穿。"

黄伟的父亲是一位印尼华侨，在20世纪50年代，凭借满腔的爱国热情，告别以泪洗面的母亲，独自一人毅然回到急需建设的新中国。也许正是父亲的爱国情怀和言传身教，从小就熏陶、影响着黄伟，从而培养出他崇德向善的坦荡襟怀。

为了救助更多的人，他加入了“中华骨髓库”，在2014年9月5日，成为商丘第15位、河南省第446位、全国第4433位造血干细胞捐献志愿者。他把单位奖励的两千元投入到义务救援队，把河南省红十字会转给他的5000元误工费捐给了因家庭困难准备放弃治疗的再生障碍性贫血病人赵鹏。

2014年9月5日，黄伟为北京一位白血病患者成功捐献造血干细胞。

他说：“体现人生价值的方式有很多，职务、财产都是个人能力的展示，我尽我所能地去帮助那些遇险、罹难的人们，收获的是感激和尊重。我把这些看作我生命中最宝贵的财富，在我的生命中，奉献与快乐同行。”

是啊，奉献与快乐同行，而他的快乐奉献，又成为这个时代的先锋榜样。

在他的影响下，义务救援队的队员们共同呐喊出“义务救援”的豪迈铿锵。

在一次救援中，“80后”队员李飞被水下的建筑垃圾割断了左脚大拇指和食指的神经和韧带。伤好后，他二话没说继续投入救援。李飞说：“这事如果发生在黄队身上，他肯定也会这么做。他能做到，我也能做到。”

有一次，女队员常艳红打捞上来一名溺水两小时的孩子，虽然知道已经没有生还可能，常艳红还是不停地给孩子做人工呼吸，进行20多分钟的心肺复苏。别人问她：“面对冰冷的遗体，人工呼吸怎么还做得下去？”她说：“旁边跪着的是孩子的母亲，我怎么忍心告诉她孩子已经不在了呢。总要给她点希望吧。”

这样的事例还有很多。

在黄伟的带领下，义务救援队连续四年被交通运输部授予“全国社会搜救力量突出贡献奖”，并先后被评为“全国学雷锋先进集体”、“河南省十大爱心集体”、“河南省民间志愿服务团队之星”、“商丘市道德模范集体奖”等。8年间，黄伟个人先后荣获“第三届全国道德模范提名奖”、“第八届中国青年志愿优秀个人奖”、“全国归侨侨眷先进个人”、“河南省首届十大杰出志愿者”、“商丘市文明市民标兵”等。

黄伟说，8年来，他最成功的地方，不是救了多少人和打捞出多少具遗体，而是创建了一个让80多人去助人为乐、见义勇为、无私奉献的平台。

“为了守护生命，我们苦练本领；
为了拯救生命，我们卧雪踏冰；
惊涛骇浪、无畏艰险，酷暑严寒，意志坚定；
披肝沥胆的义务救援，无怨无悔的奉献人生……”

这是黄伟创作的《水上义务救援队队歌》的歌词，也成为他心中一道神圣的使命。无论何时何地，黄伟都会自豪地说：“我没有辱没自己的队歌，我们用自己的实际行动，传递着社会的正能量、弘扬了雷锋精神，展示了助人为乐和见义勇为的道德光芒！”

>> 感言：

黄伟是幸福的，他的幸福来自于他做的事和他的内心。他敬畏生命，虽然他从未想过，自己做的事情有多么高尚。他朴实如石，又挺立如山。他用无声的力量实践了自己心中一个朴素的信念，那就是用行动告诉社会，义务救援，不是高调的救赎，而是灵魂的闪光。

□采访手记

只为初心

采访之前，黄伟的事迹铺天盖地，而我只想弄明白一件事。

一句“义务救援、不收钱物、出现意外、后果自负”的承诺，黄伟坚守了8年，为什么？

质疑、谩骂和恐吓，都不能阻止他坚定的脚步，为什么？

义务救援队里有公务员、企业经理、退伍军人、医生、教师，这样一群人愿意集聚在黄伟周围，为什么？

采访第一天，黄伟便告诉我，这么做只为行善积德。当湖北出现天价打捞事件，他就想通过自己的坚持不让商丘也出现类似的事情；现在他想让老百姓知道，当发生危险需要救助的时候，好人就在身边。

这样的答案，并不能完全解答心中的疑惑。三天采访，我跟着他去南湖边上的救援队训练基地，去校园进行水上安全知识宣讲，见了他的女儿、队友还有采访过他的记者，只为更多地了解他的内心世界。其间，我渐渐明白，其实黄伟并没有把正在做的事情设想得多么崇高。初衷只为做点好事，然后坚持了下来。而坚持的理由，是“感动”。

“感动”来自救援现场，被救起的人在手机里把他们的名字存成“恩人”；“感动”来自救援队内部，越来越多的队员开始有意识地分担责任、承担问题；“感动”也来自社会各界，随着救援队的事迹被越来越多人知道，退休的老夫妻、企业家，还有个人，主动找到他捐钱捐物，不求回报，只为尽自己一份心意。黄伟说，截至目前，他们收到交通运输部奖励资金及单位职工捐款18万余元，河南省地方海事局及商丘市交通运输局、地方海事局资助的大量救生装备，“如果我们再干不好，不仅对不起自己的良心，而且对不起他们对我们的支持。”

至于黄伟为啥能当救援队队长，队员们心中有杆秤。一位调侃自己眼里揉不得沙子的队员国胜说：“遇到危险自己先上，需要花钱自己先掏，把队员家的事当作自己的事情。谁能做到这三点，谁就能做救援队队长。”

8年来，黄伟正是这么做的。救援队水上救助300余次，黄伟参加了200多回。每次外出救援，一切费用都是黄伟自己承担。谁家里有点啥事，黄伟都尽心安排。“他做到了这三点，所以我们才会给他掏心窝子。”国胜说道。

河南省地方海事局副局长于宁评价黄伟：“一个人做一件好事容易，可坚持一辈子做好事不容易，组织一群人一辈子做好事更不容易。”

商丘广播电台主任编辑任飞说，“黄伟悲天悯人，他做到了常人做不到的执着和坚持，这是最让人钦佩的地方。”

采访结束，在这座“三商之源·华商之都”，我永远地记住了他——商丘市水上义务救援队队长黄伟。

生的希望

五

国际海事组织“海上特别勇敢奖”获奖一览

国际海事组织“海上特别勇敢奖”获奖一览

2011年

“海上特别勇敢奖”奖状

北海救助飞行队“B—7313”救助直升机机组救生员王浩

北海救助局“北海救111”轮船长曹德广

浙江省民间海上救助站救生员郭文标

“海上特别勇敢奖”表扬信

南海救助局“南海救197”轮全体船员

北海救助飞行队

东海救助局“东海救113”轮水手长周国雄

“浙平渔0158”渔船全体船员

2012年

“海上特别勇敢奖”奖状

“北海救116”轮救助队员王海杰

“东海救116”轮

“海上特别勇敢奖”表扬信

南海第一救助飞行队“B-7137”机组

“金广岭”轮

“中河”轮

“长航宏图”轮

“闽平渔61597”轮

2013年

“海上特别勇敢奖”奖章

“通常汽渡11号”轮船员杨金国

“海上特别勇敢奖”奖状

“盛达88号”轮船长宁新民

“中国渔政44246”艇全体船员

“海上特别勇敢奖”表扬信

东海第一救助飞行队“B-7327”救助直升机救生员洪彦琛

东海救助局“东海救111”轮全体船员

北海救助局“北海救115”轮全体船员

北海第一救助飞行队“B-7309”救助直升机机组成员

南海救助局“南海救111”轮全体船员

2014

“海上特别勇敢奖”表扬信

北海第一救助飞行队“B-7312”救生员谢元蕾

东海第一救助飞行队“B-7346”救生员杨鹏程

上海打捞局“沪救18”轮船长丁伟杰，水手杨宝林、赵福栋、张建平

浙江恒晖海运有限公司“恒晖1”轮全体船员

2015年

“海上特别勇敢奖”表扬信

交通运输部南海救助局“南海救111”轮船长赖志兴

中远集团“新发海”轮

2016年

“海上特别勇敢奖”奖状

交通运输部东海救助局潜水员唐顺杰

“海上特别勇敢奖”表扬信

中远海运集团“中远上海”轮

INTERNATIONAL MARITIME ORGANIZATION

IMO AWARD FOR EXCEPTIONAL BRAVERY AT SEA

Nominated for the 2016 Award

Mr. Tang Shunjie

Leader of the diving squad of the emergency response team
Dong Hai Rescue No.1 Flight Team
Dong Hai Rescue Bureau

Commended for the display of bravery in the rescue of life at sea

Presented on the twenty-first day of November, two thousand and sixteen

Kitack Lim
Secretary-General
International Maritime Organization

交通运输部东海救助局潜水员唐顺杰荣获2016年“海上特别勇敢奖”奖状。

SECRÉTAIRE GÉNÉRAL SECRETARY-GENERAL SECRETARIO GENERAL

3 August 2016

The crew of the M/V **Cosco Shanghai**
China Ocean Shipping Company Group
c/o Ministry of Transport
People's Republic of China

To the members of the crew of the M/V **Cosco Shanghai**:

I refer to your nomination by the Government of the People's Republic of China for the 2016 IMO Award for Exceptional Bravery at Sea. In this regard, I am pleased to inform you of the decision of the IMO Council that you should receive this Letter of Commendation for rescuing, on 17 October 2015, all 21 crew members of the sinking cargo ship **Foxhound**, who had abandoned their ship and were found in a lifeboat which had lost power, in darkness and strong winds.

In conveying the appreciation of the IMO Council to you, I would like to take this opportunity to add my own warm congratulations for your remarkable effort, of which you can rightly be proud.

Rescuing those in peril on the sea is among the noblest of human undertakings; placing oneself in danger so that others may live. Through your actions, you have upheld the finest traditions of those who ply the oceans, dating back to when men and women first took to the sea in ships. The courage and professionalism displayed by you are truly noteworthy.

With best regards,

Yours sincerely,

Kitack Lim
Secretary-General

OFFICE OF THE SECRETARY-GENERAL Direct line: +44 (0)20 7587 3100 Email: secretary-general@imo.org
4 Albert Embankment • London SE1 7SR • United Kingdom • Switchboard: +44 (0)20 7735 7611 • Fax: +44 (0)20 7587 3210 • www.imo.org

中远海运集团“中远上海”轮荣获2016年“海上特别勇敢奖”表扬信。

责任编辑：韩亚楠　朱明周
封面设计：张　涛

生的希望
海上搜救回访录

ISBN 978-7-114-13544-6

网上购书/www.jtbook.com.cn
定价：48.00元